澁澤龍彦の イタリア紀行

澁澤龍彦　澁澤龍子　小川 熙

とんぼの本

新潮社

澁澤龍彦のイタリア紀行…目次

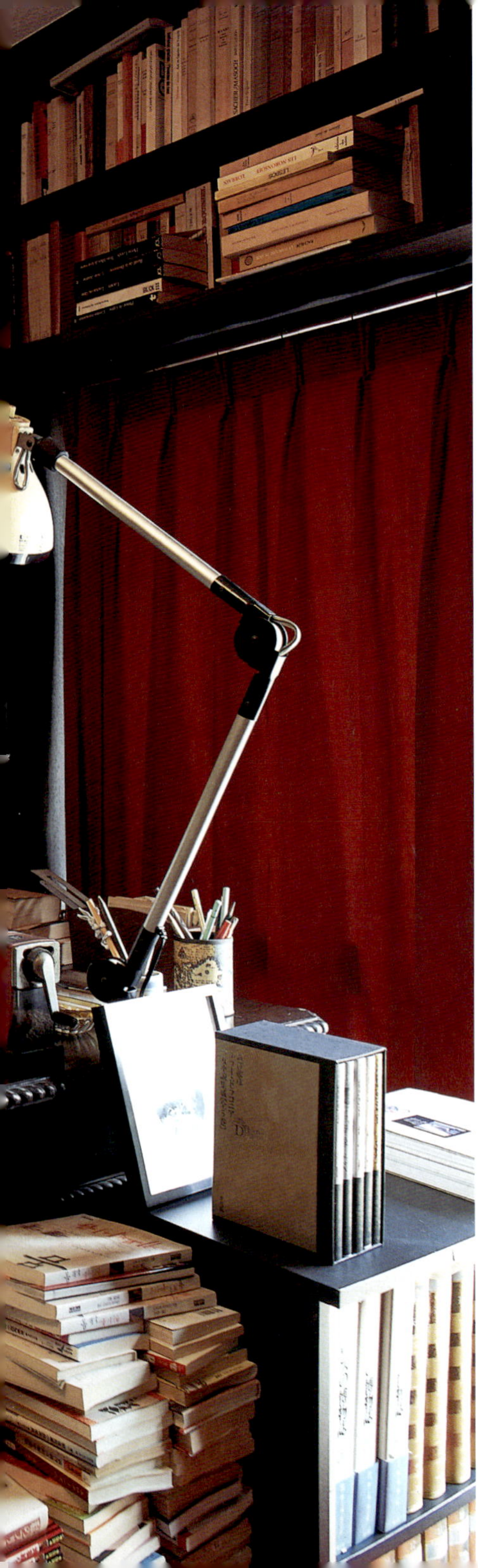

ジャン・コクトー、マルキ・ド・サドらを本格的に研究したフランス文学者、翻訳家。魔術、毒薬、両性具有、ユートピア、天使、怪物、迷宮など、その独自の美意識と嗜好に貫かれたテーマを描いたエッセイスト。『ねむり姫』『高丘親王航海記』など奇想の小説を遺した作家。澁澤龍彦（1928〜87）が創り上げた世界は、耽美的な匂いに満ちた〝驚異の部屋〟そのものだ。扉を開けた者は、たちまち虜となってしまう。

古今東西の膨大な書物に囲まれて、朝も夜もなく筆を走らせる。私たちはそんなイメージを澁澤に持つし、実際、書斎派を自認していた澁澤だが、一九七〇年を境に、欧州やイスラム諸国、日本各地を歩き始めた。綿密に計画を立て、書物で知識を得ていた絵画や建築、庭園など〝澁澤好み〟を実際にその眼で確認し納得する一方、町で出会うハプニングや発見に、少年のように胸を膨らませる。その喜びを知った彼は、堰をきったかのように旅を続けた。

1970年、書斎派が世界へ飛び出した。

北鎌倉の自宅にある澁澤の書斎。机の上には、澁澤の存命当時のまま、大きな地球儀が置かれている

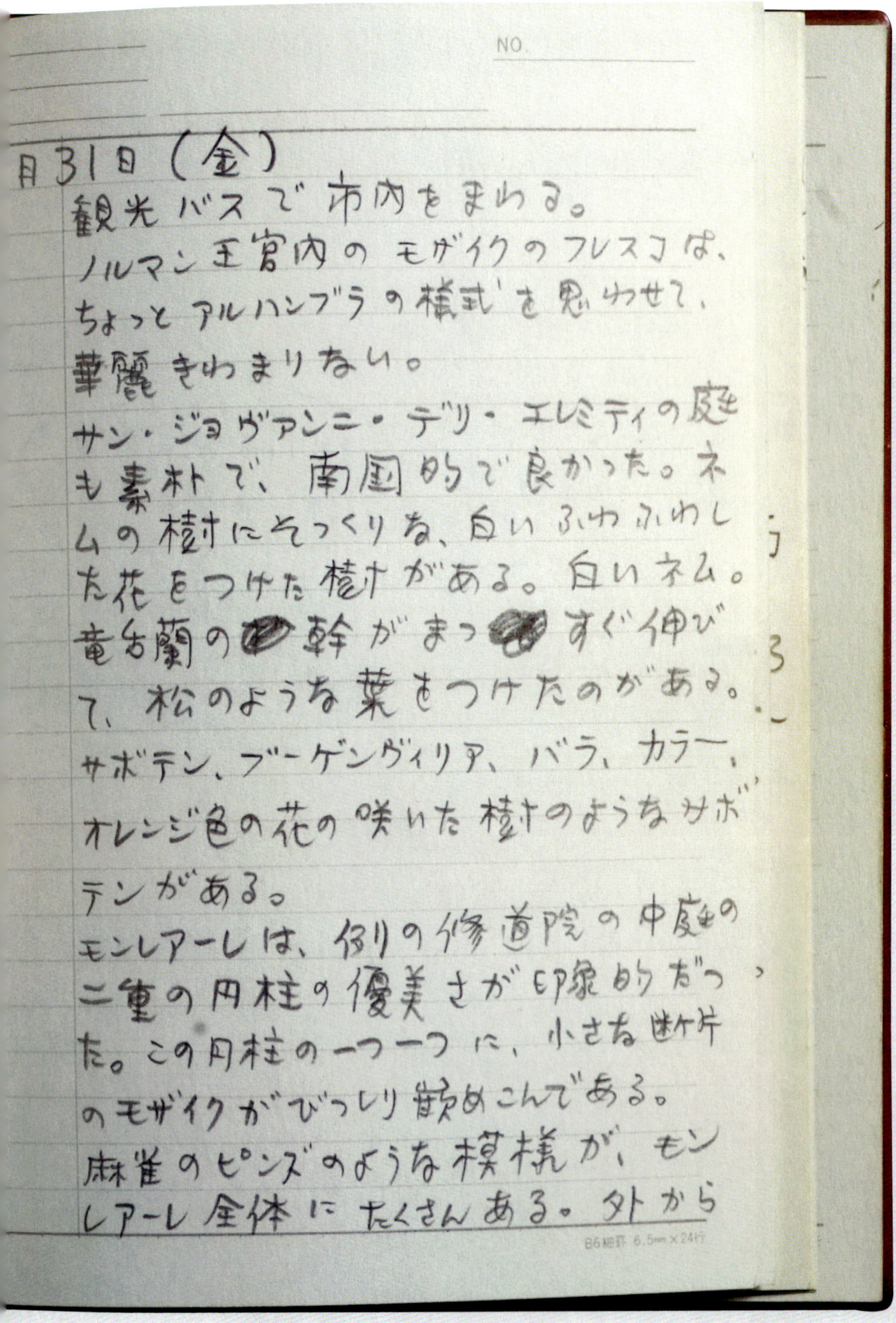
NO.

月31日（金）
観光バスで市内をまわる。
ノルマン王宮内のモザイクのフレスコは、
ちょっとアルハンブラの様式を思わせて、
華麗きわまりない。
サン・ジョヴァンニ・デリ・エレミティの庭
も素朴で、南国的で良かった。ネ
ムの樹にそっくりな、白いふわふわし
た花をつけた樹がある。白いネム。
竜舌蘭の幹がまっすぐ伸び
て、松のような葉をつけたのがある。
サボテン、ブーゲンヴィリア、バラ、カラー、
オレンジ色の花の咲いた樹のようなサボ
テンがある。
モンレアーレは、例の修道院の中庭の
二重の円柱の優美さが印象的だっ
た。この円柱の一つ一つに、小さな断片
のモザイクがびっしり嵌めこんである。
麻雀のピンズのような模様が、モン
レアーレ全体にたくさんある。外から

B6細罫 6.5mm×24行

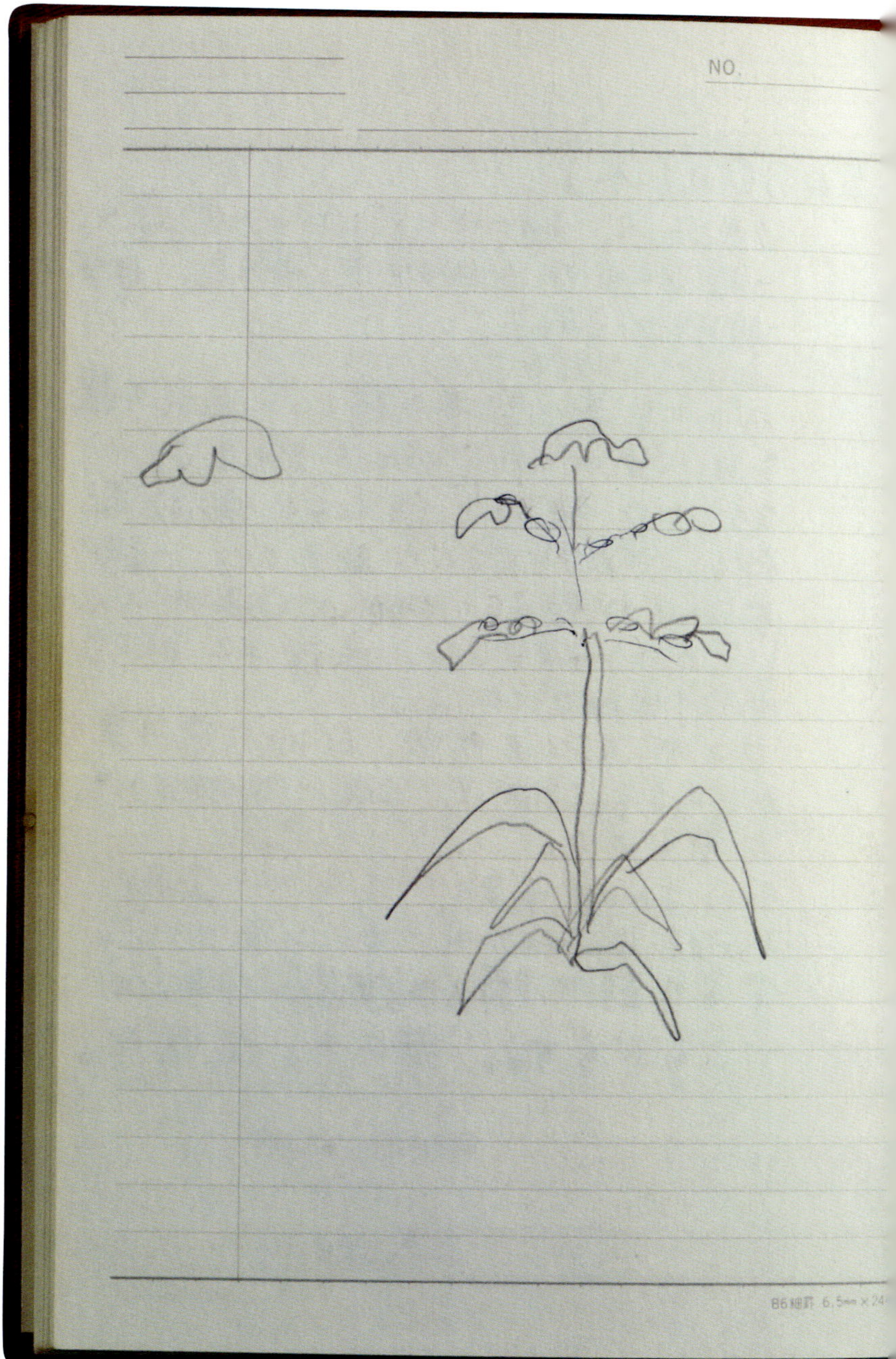

計4回のヨーロッパ旅行中、澁澤は毎日ホテルの部屋に戻ってからその日の感想や印象をノートに綴った。どのページも、独特のくっきりと強い筆跡だ。この見開きは、1974年5月31日、シチリアを旅した際のもの。時折、イラストも描いた

ヨーロッパは、一九七〇年九月を皮切りに七四年、七七年、八一年の四回、それぞれ三週間〜二ヵ月間訪れた。澁澤はその旅の記録を克明に日記に綴っている（没後、河出書房新社から『滞欧日記』として刊行）。最初はオランダ、ドイツなどのヨーロッパ北部からフランス、スペイン、イタリア、ギリシアへとぐるり周遊だったが、二度目はイタリアのみ、次はパリを中心に南仏とスペイン、最後はギリシアとイタリアと、次第に南欧に力点を置く。

「私はいまでも、どちらかといえば北方よりも南方が好きで、ヨーロッパのなかでもイタリアやスペインにいちばん惹かれるものを感じている」と、後年、『狐のだんぶくろ』で〝告白〟しているとおり、四度のうち三度も訪れたイタリアは、最もお気に入りの場所だった。その翻訳に力を入れた、イタリア好きのフランスの小説家マンディアルグの影響もあるし、愛読書であったゲーテ『イタリア紀行』も彼を突き動かしたに違いない。「ゲーテの『イタリア紀行』をバッグの底に忍ばせて、気が向いた時に少しずつ読みながら、イタリア各地を旅行するのもいいだろう。ゲーテのはずんだ気持がこちらに伝わってくるようで、こちらまで浮き浮きした気分になってくる」（「イタリア酔夢行」）。

澁澤龍彦はイタリアの何に惹かれ、その眼差しは何をとらえたのだろう。美術、風土、食、フローラ（植物相）……。私たちも自在に好奇心の翼を羽ばたかせよう。澁澤龍彦のように。

旅行中に集めた地図やパンフレット類。所々書き込みもされている。ずっと手許に保存していた

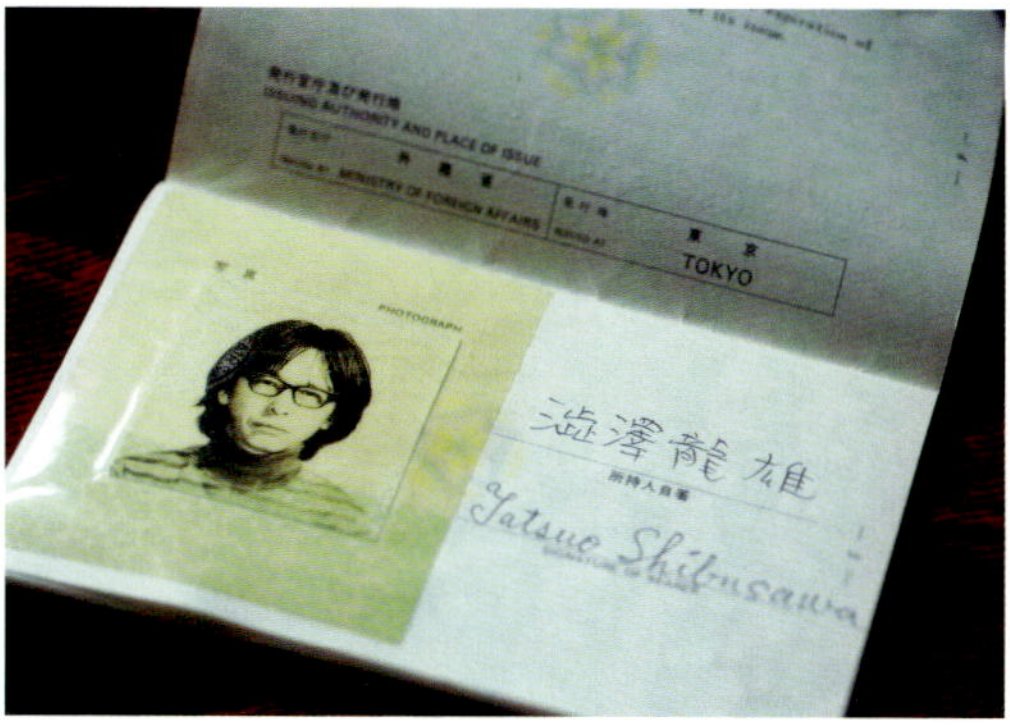

上：澁澤が使っていたミノルタCLE。澁澤自身はあまりカメラ好きではなく、機種にも執着していなかったという。友人の写真家、桑原甲子雄氏と川田喜久治氏に勧められて買った
下：1977年5月14日発行のパスポート。第3回目のヨーロッパ行きを前に取得した

1974年5月、
シエーナの町での澁澤龍彦

「もう一度、イタリアに行きたいね」

文・澁澤龍子

一九七四年五月、私たちは、美術評論家の小川熙《ひろし》さんとシエーナの小さなホテルの庭で朝食をとっていました。抜けるような青空の下、ポプラの綿毛のようなものがしきりに降ってきて、雪のようにあたりに白く積っています。町のいたるところポプラの綿毛がいっぱい、時にはホテルの部屋にまで飛び込んで来ます。

前日ローマを小川さんの愛車フォルクスワーゲンで出発、コルトーナ、アレッツォを通って、シエーナに来たのでした。

途中は背の高い糸杉並木が続き、見渡すかぎりの黄金色のエニシダ、真赤なヒナゲシの群生。澁澤と私は、「なーんてきれいなの」「夢の中を走っているようね」といちいち感嘆の声をあげ、「ここ最高のスポット、ちょっと車を止めて！」と叫んでは、ヒナゲシの中に分け入って写真の撮りっこをしました。永年イタリアに住んでいてこんな風景を見慣れている小川氏は「アーア、またかよ」という顔をして、車から出て来ようともしないのでした。

そしてシエーナ派絵画の粋を集めた町は、市庁舎にあたるパラッツォ・プッブリコの高い塔、白と黒の大理石のドゥオーモをホテルの窓からはっきりと眺めることができ、とても印象的でした。澁澤も「茶褐色の屋根瓦と緑色の鎧戸で統一されていて、雑然と建てこんだ家々が、ふしぎな雑然たる調和を見せている。シエナの町は美しい」と日記に何度もその魅力を記しています。

今日はこんな町をゆっくり歩けると思うとウキウキして、三人の顔が自然にほころんでくるのでした。

今回の旅行の目的である澁澤眷恋《けんれん》のシモーネ・マルティーニの〈グイドリッチョ・ダ・フォリアーノ将軍の騎馬像〉をまず眺め、大いに満足してから、ドゥオーモの個性的な建築美と床のモザイクの美しさに感動。くたくたになるまであちこちを見て廻ったあとは、いつものように本屋さんにも寄って、コズメ・トゥーラの画集などを求めて、倒れるようにホテルへ帰りつきました。

澁澤は、ふだんは夜中に起きて日中はずっと寝ているとか、三十時間以上も起きていて二十時間も寝ているなど、もうめちゃめちゃの生活で、旅に出る直前まで「なんだかめんどくさいな」「そんなに早起きして飛行機に乗りたくない」などとブツブツ言っているのですが、一度出てしまうと、すっかりいい子になって、朝きちんと起きて、見るべきものは精力的にしっかり見て、夜はお酒も適量にして、その日の日記を書くという毎日になります。

その晩は、お昼をドーンと食べたこともあり、胃が重くて外へ食事に出る気がしないと言うので、チーズ、ソーセージ、ピクルス、葉巻やウィスキーなどを買い込んで、ホテルの部屋で饗宴となりました。小川さん大いに酔って、美術や音楽談議、懐古談とおしゃべりがつづき、澁澤もすっかり意気投合して「それ面白いじゃないの、書きなさいよ」などと囃し立てていました。

次の朝、小川さんは二日酔でダウン。私たち二人でピナコテーカとサン・カテリナを見ました。正午にはホテルを引きはらい、まだフラフラの運転手さんが頑張って、サン・ジミニャーノへ。山の上に塔のたくさんある小さな美しい町を満喫することができました。こうして二泊三日の小旅行を楽しみ、その夜、ローマに帰って来たのでした。

澁澤とは一九七〇年、七四年、八一年と三回イタリアを旅しました。そのうち七〇年と前述の七四年は、前もって計画を立てずに、私の「芸術新潮」編集部の先輩で、ローマ在住だった小川さんに相談しながら、氏の愛車でローマからの小旅行を何度かしたのです。

今思い出しても、イタリアはすべて美しく、美味しい食べ物いっぱい、楽しさいっぱいの旅でした。

マンディアルグの写真集でおなじみの、巨像が次々と現われるボマルツォの怪物庭園を訪ねたのは、七〇年の旅で、秋も深まってきた暮色迫る頃。車窓から身を乗り出すようにして、ボマルツォの村はまだか、まだかと昂《たかぶ》る気持を抑えられない澁澤を、今でもはっきりと感じることができます。

それから二、三日後、私たちは汽車でフィレンツェへ行き、ポンテ・ヴェッキオに近い塩野七生さんのマンションを訪ねました。夕食はトスカーナ料理をご馳走になり、夜の町を飛ぶように颯爽と歩く、若き日の塩野さんの姿も忘れられない思い出です。

一度は足を踏み入れたいと、以前から憧れていた南イタリア、プーリア地方をドライヴできたのは七四年の旅。これも小川さんのおかげでした。車窓から眺めたオリーヴ、仙人掌《さぼてん》、無花果《いちじく》、龍舌蘭、アーティチョークや蚕豆《そらまめ》畑などに心をはずませた様子を澁澤は「ペトラとフローラ」(『旅のモザイク』所収)の中で詳しく述べています。実物を見る前からすべてを知りつくしていた芸術作品などを確認、堪能する旅は、この頃から、植物や風景、気候などの自然を巡る旅へと少しずつ変っていきました。

プーリア地方のお目あての一つ、アルベロベッロも忘れられません。オリーヴ畑や葡萄畑のなかに、円錐形の屋根のトルッロがぽつぽつ見えてきて、やがて町並がすべてトルッロ、御伽《おとぎ》の国に迷い込んだような町でした。

　静かで、ひんやりしたとあるレストランに入ると、隣りの客が蚕豆を莢《さや》から出して生のまま食べているじゃありませんか。蚕豆大好きで、好奇心の強い澁澤は、早速注文。「青くさい味も、野趣があって悪くはない」なんて言ってましたが、「蚕豆は莢から出して塩茹でにし、ビールのつまみにするのが一番」と、私は、お店の人に言ってやりたくてうずうずしていました。


　この七四年の旅の最後は、シチリアを支配した神聖ローマ皇帝、フリードリヒ二世に対する年来のロマンティシズムと、愛読していたゲーテの『イタリア紀行』から、彼がどうしても行きたいと言ったシチリア島パレルモでした。ここの印象は「一口に言えばフローラ」(「ペトラとフローラ」)。繁茂する植物の名前を日記にたくさん書きつけ、我が家の庭に日時計を置き、陽光をいっぱい浴びたブーゲンヴィリアや薔薇などの花々が咲き匂って、きらりと光る蜥蜴が日向ぼっこをするという光景を夢想したものでした。

　八一年のイタリアは、ヴェネツィアからヴィチェンツァ、マントヴァ、ボローニャ、ラヴェンナ、リーミニと珍しく汽車の旅でした。澁澤好みの十六世紀の大建築家パッラーディオの設計した、ヴェネツィア郊外のヴィッラ・マルコンテンタ(ヴィッラ・フォスカリ)、ヴィチェンツァにあり舞台がすばらしいテアトロ・オリンピコ、代表作のひとつロトンダな

1974年5月、南イタリアのアルベロベッロで出会った子どもたちと一緒に記念撮影する筆者

1981年7月、汽車でボローニャからラヴェンナへ向う澁澤夫妻

アルベロベッロの町で、円錐形の屋根のトルッロを背景に立つ小川熙さん（左）と澁澤

シチリアのバゲリアにある〝怪物庭園〟パラゴニア荘にて。南国の植物と不思議な小人たちの彫像に囲まれて。1974年6月

どの作品を訪ね歩くのが大きな目的でした。

こうして楽しかった思い出は尽きないのですが、実際二人でどんな旅をしたかといいますと、完全に役割分担をしていました。私は会計係。彼はお金に無関心で、ホテルでもレストランでも買物でも私が全部払い（もっともこれは日本にいても同じなのですが）、自分は関係ないという顔をしていました。ですが、ひどい方向音痴の彼のこと、迷子になったら大変ですから、タクシー代とホテルのアドレスは必ず持たせておりました。私たちはいつもキャッシュを持って旅行して、トラベラーズ・チェックを使ったことは一度もありません。ぼーっとした二人でしたが、不思議に泥棒にもあわず、落としものをしたりすることもありませんでした。本当にイタリア旅行では、イヤな思い出がありません。混んだピッツェリアに入ると、知らない人が席を探してくれたり、料理を催促してくれ、挙句にはお酒を奢ってくれたりと、心優しい人たちばかりでした。

もちろん、彼の役は優秀なガイドです。その土地の歴史、美術から植物のことまで、質問にはたちどころに答えてくれ、生《いき》字引きを連れて旅行しているようなものです。

ヨーロッパをあちこちずいぶん旅行しましたが、澁澤にとって一番印象深かった所は、なんといっても終生のテーマだったマルキ・ド・サド侯爵のラコストの城だと思います。『滞欧日記』を読めば、そこだけ他所とまったく違うトーンの、興奮した彼の様子が感じられます。

しかし好きな所はどこかと言われれば、間違いなくイタリアだったでしょう。二度と帰ることがなかった入院生活で、「もう一度、イタリアに行きたいね」と夢見ていたのですから……。

ボマルツォ怪物紀行

「ボマルツォの村はまだか、まだか」（『滞欧日記』）。
1970年10月27日、
澁澤は少年のように胸を躍らせた。
奇怪な怪物たちが待ち受ける〝聖なる森〟へ――。

Parco dei Mostri di Bomarzo

ぽっかりと巨大な口をあけた、人喰い鬼の首。直径2mを超える“地獄の口”からグロッタ（洞窟）になっている顔の内部に入ると、舌に見立てた石のテーブルが置かれてあり、ここで休息も可能。声を出せば大きく反響して、まさに地獄の魔王の哄笑のように聞えるのだ

16世紀、イタリアの名家の一つオルシーニ家の当主がつくった世にも不思議な別荘には、30もの奇怪な動物や怪物の巨像が散らばっている。たとえば、乳房を持ったスフィンクス（右上）、天に駆け上がろうとするペガサス（左上）、ローマ軍兵をその鼻でぐるぐる巻きにする象（左）、闘うヘラクレス（下）。見上げるほどのヘラクレスが、相手を逆さまにして両脚を引き裂こうとしている、〝残酷なエロティシズム〟ただよう像だ

オルシーニ家の紋章を抱え持つ熊（右上）、かっと口を開いたドラゴン（左上）、甲羅に人像柱を乗せた亀（右中）、三つの頭を持ったケルベロス（冥府の門の番犬、左中）、わざと傾けた家（右下）、頭上に水盤を乗せた巨大な女神（左下）……。この怪物庭園は、「神をも怖れぬ道楽貴族の秘密の淫蕩の場所ではなかったろうか」（「ボマルツォの『聖なる森』」＝『幻想の画廊から』所収）

How to visit

怪物庭園はローマから北西へおよそ70km、車で小一時間。また、15km南西の町ヴィテルボ Viterbo からはバスが出ている。週末には家族連れやピクニック客で賑わう。

高台にあるボマルツォの村から、怪物庭園の広がる森（右）を望む

異様な姿態の巨人、神話の怪獣がいたるところに立つ、「この世ならぬ別天地に迷いこんだかのような」（「ボマルツォの『聖なる森』」＝『幻想の画廊から』所収）庭園だ。十六世紀、名家オルシーニ家の当主ヴィチーノ・オルシーニが奇怪な巨像の数々を集め、つくらせたという。マンディアルグの随筆ですでにこの庭園の存在を知り、「バロックのなかのもっともバロック的なものを求めて」（「バロック抄ボマルツォ紀行」＝『ヨーロッパの乳房』所収）欧州に出かけた澁澤にとって、ここは大きな目的地の一つ。当時は見物客などほとんどなかったが、彼は最初の旅で訪れた。「このような悪趣味のモニュメント、このような逸脱と倒錯の芸術作品に、昔から私が異常な関心をいだいてきたのは事実なのである」（同前）。

1970年10月に怪物庭園を訪れた時の澁澤夫妻。鱗のある両脚を180度開き、ぺったり地面に座った魔神の巨像の前で

眉をあげ、唇をひきしめて
この地を過ぎ行かずんば
世界の七不思議の最たるものを
嘆賞するも叶うまじ

凝灰岩の彫像は、いずれもびっしり青い苔に覆われ、雑草や茨に侵蝕されるがままになっている。森のなかの小径は、丘にいたる傾斜面を上ったり下がったりする。歩いていると、突如として森の樹々のあいだから、灌木の茂みのかげから、怪異な巨像がぬっと現われて、私たちを驚かせるという寸法である。

（「バロック抄　ボマルツォ紀行」『ヨーロッパの乳房』）

仰向けに眠るニンフ。豊満な肉体、みだらな
姿態がエロティックだ

マッジョーレ湖

澁澤一番のお気に入り、大小の彫像群がそそり立つ〝一種の円形劇場風の噴水〟の上部。てっぺん中央にはボッロメーオ家の紋章、一角獣が前脚を上げて立ち上がる

Isola Bella
イゾラ・ベッラ

日記には開口一番「憧れの島なり」。スイスとの国境にあるマッジョーレ湖に浮かぶイゾラ・マードレ（母なる島）、イゾラ・デイ・ペスカトーリ（漁師の島）を巡り、最後にお目当ての〝美しい島〟イゾラ・ベッラを訪れた時の記述だ。この島々を〝イゾラ姉妹〟と呼んだコクトーの詩的表現に感服し、ことにイゾラ・ベッラは「島全体がバロック庭園になっていて、あたかも『バビロンの架空庭園』のように、怪奇で幻想的であること」（「マジョーレ湖の姉妹」＝『ヨーロッパの乳房』所収）を知っていた澁澤は、自身の眼で見たいと思い焦がれ、一九七〇年、ついに実現。ボッロメーオ家の別荘内部にはグロッタ（洞窟）風の部屋や貝殻の装飾、テラス式の庭園には円形劇場風噴水や一角獣の彫像、生い茂る南国の植物群と、〝澁澤好み〟が満載。時を忘れて「理想の庭園」に遊ぶのだった。

ここイゾラ・ベッラの島全体が、マッジョーレ湖の島々を領有していた貴族ボッロメーオ家の当主、カルロス3世が1630年頃につくった別荘。バロック庭園には緑があふれ、さわやかな風が吹き渡る

テラスの上から芝生の庭園を望む。
樹木も花々も美しく手入れされていた

How to visit

マッジョーレ湖観光の拠点は、ミラーノの北西約65㎞にある湖畔の町ストレーザ Stresa。イゾラ・ベッラへの定期船やチャーター船が出ている。ミラーノからの日帰り観光も可能。

庭園では、白孔雀の悠然と歩く姿が見られる

「まるでシュルレアリスムの絵を眺めているようですね。」

「バロック趣味というんですかね。西洋人の、こういうごてごて趣味を眺めていると、何だか変な気がしてきますね。」

（「マジョーレ湖の姉妹」『ヨーロッパの乳房』）

モザイク貼りにされた床

ボッロメーオ宮殿内。湖水に向っていくつもの窓が開かれている

帰りの船上から眺めたイゾラ・ベッラ。
澁澤も「離れがたい思いで島を去る」(『滞欧日記』)のだった

庭園の随所にあるグロッタ。風雨に磨耗した彫像や繁茂する植物も、また見所だ

各所の凝った装飾も興味深いが、騙し絵風の窓もあるのが楽しい

石の欄干に囲まれたテラスに立つと、マッジョーレ湖を一望できる

貝殻の装飾をあしらった、グロッタ風の部屋の窓から湖を見る

ネツィアとその近郊の町

澁澤は一九七〇年と八一年の二度、ヴェネツィアを訪れた。目的は明快で、目指す絵画を見ること。たとえばヴェネツィア派の中でもカルパッチョの幻想的な作風を好んだ澁澤は、「聖ウルスラの夢」や「聖ジョルジョ」(聖ゲオルギウス)などとの対面を楽しみに美術館や礼拝堂へ赴き、その合間に路地の骨董屋をひやかして歩くという按配だ。コッレル美術館で鑑賞した「二人の娼婦」には、『幻想の肖像』で「そこはかとないエロティックな肉感性さえただよっている」と賛辞を贈る。また、ヴェネツィアを基点に近郊の貴族のヴィッラ(別荘)を見に行くという夢も八一年に叶えた。

1981年7月、ヴェネツィアの水上バスにて。2度目の訪問。湿気のある暑い時期だったが、「ヴェネツィアへ来たことの満足感。昂揚を感じる」(『滞欧日記』)

Venezia

ヴェネツィア

ヴェ

シブサワ絵葉書コレクション

〈ヴェネツィア〉

30〜31頁の21点はすべて、澁澤がヴェネツィアで求めた、好みの画の絵葉書。ベッリーニとカルパッチョが圧倒的に多いことに注目。

1　ジョヴァンニ・ベッリーニ「聖母子」1460-64　アカデミア美術館
2　ジョヴァンニ・ベッリーニ「聖母子」1480-90　アカデミア美術館
3　ジョヴァンニ・ベッリーニ　寓意画「不安定」1490頃　アカデミア美術館

1

2

3

4　ジョヴァンニ・ベッリーニ「聖母子と洗礼者ヨハネ、聖女」1500-04　アカデミア美術館
5　ジェンティーレ・ベッリーニ「サン・ロレンツォ橋における十字架の奇跡」（部分）1500　アカデミア美術館
6　ジョルジョーネ「嵐（テンペスタ）」1505-07頃　アカデミア美術館

4

5

6

7　カルパッチョ「聖ウルスラ伝」より「巡礼への出発」（部分）1495　アカデミア美術館
8　カルパッチョ「聖ウルスラ伝」より「イギリス大使の到着」（部分）1495頃　アカデミア美術館
9　カルパッチョ「聖ウルスラ伝」より「聖ウルスラの称揚」1491　アカデミア美術館

7

8

9

10　カルパッチョ「キリストの神殿奉献」（部分）1510　アカデミア美術館
11　カルパッチョ「聖ウルスラ伝」より「イギリス大使の到着」（部分）1495頃　アカデミア美術館
12　カルパッチョ「十字架の聖遺物の奇跡」（部分）1494　アカデミア美術館

10

Venezia

18　カルパッチョ「オリーヴ山のキリスト」1502頃　スクオーラ・ディ・サン・ジョルジョ・デリ・スキアヴォーニ
19　カルパッチョ「聖マタイの召命」1502　スクオーラ・ディ・サン・ジョルジョ・デリ・スキアヴォーニ
20　カルパッチョ「シレナの人々に洗礼を施す聖ゲオルギウス」（部分）1507頃　スクオーラ・ディ・サン・ジョルジョ・デリ・スキアヴォーニ
21　カルパッチョ　祭壇画「聖ゲオルギウス」（部分）16世紀初　サン・ジョルジョ・マッジョーレ教会

15

11

16

12

19

16　カルパッチョ「聖アウグスティヌスの幻視」（部分）1502　スクオーラ・ディ・サン・ジョルジョ・デリ・スキアヴォーニ
17　カルパッチョ「聖ゲオルギウスと悪竜」（部分）1502-07　スクオーラ・ディ・サン・ジョルジョ・デリ・スキアヴォーニ

13

20

17

14

21

18

13　ズッカレリ「エウロパの略奪」18世紀　アカデミア美術館
14　カルパッチョ「聖ヒエロニムスと修道院の中のライオン」（部分）1502　スクオーラ・ディ・サン・ジョルジョ・デリ・スキアヴォーニ
15　カルパッチョ「聖アウグスティヌスの幻視」1502　スクオーラ・ディ・サン・ジョルジョ・デリ・スキアヴォーニ

Torcello

トルチェッロ

二度のヴェネツィア滞在中、二度とも澁澤は船に乗ってトルチェッロ島へ渡った。ヴェネツィアに先駆けて五世紀からラグーナ（潟）の要衝として栄えた島だが、いまは住む人もわずかである。目当ては「荒れ果てているが、趣きがある」（『滞欧日記』）サンタ・マリーア・アッスンタ大聖堂。内部を飾るモザイクの聖母子像も名高いが、彼の好みはその反対側の壁のモザイク画「最後の審判」。中でも七つの大罪を描く地獄絵に惹かれたというから、澁澤らしい。

上：639年創建のサンタ・マリーア・アッスンタ大聖堂の内部は、11～13世紀にできたビザンティン様式。この名高い聖母子像は12世紀末の作　下：運河に架かる「悪魔の橋」。トルチェッロ島はマラリアが大流行、15世紀以降急速にさびれてしまった

How to visit

水の都ヴェネツィア中心部へはマルコ・ポーロ空港からバスか水上バスで、または鉄道ならサンタ・ルチア駅から歩くか水上バスで。トルチェッロ島へはヴェネツィアから船で約45分。

大聖堂の入口上壁を飾るのが、12〜13世紀製作の「最後の審判」。ことに下段右のほうに描かれた地獄絵が、澁澤のお好み

Malcontenta/Padova
マルコンテンタ、パードヴァ

マルコンテンタとパードヴァの間、ストラにあるピザーニ家の別荘。18世紀の建造で、迷宮庭園もある

1981年、マルコンテンタ荘にて。ヴェネツィア貴族の名門フォスカリ家の16世紀建造のヴィッラで、別名フォスカリ荘。「古代的な美しい柱廊玄関（ポルティコ）をもつパラーディオの小傑作」（「仮面について」＝『ドラコニア綺譚集』所収）。（頁上の写真も）

ヴェネツィアとパードヴァの間のブレンタ運河沿いは葡萄畑の広がる豊かな田園地帯で、十六〜十七世紀の貴族の別荘が並び立つ。かつてゲーテはパードヴァから乗合船に乗って運河を航行、両岸のヴィッラを見物しつつヴェネツィアに入ったが、澁澤は逆向きに運河沿いを車で走り、パードヴァへ。マンディアルグの記述で興味を抱いていたマルコンテンタ荘もたっぷり楽しんだ。パードヴァの町で

パードヴァのサンタントニオ聖堂、通称イル・サント。その前に建つ青銅の騎馬像は、ドナテッロの傑作「ガッタメラータ」

スクロヴェーニ礼拝堂内部を飾る、ジョットのフレスコ画のうち、「キリストの降誕」。1304-06頃。澁澤が購入した絵葉書より

はイル・サント聖堂やスクロヴェーニ礼拝堂を見物し、ぶらりと立ち寄った石屋で、表面の模様が風景のように見える〝絵のある石〟を手に入れた（65頁参照）。批評家カイヨワや美術史家バルトルシャイティスによって惹かれていた石に、はからずも出会い、「なんだか自分がゲーテになったような気分になったものだ。というのは、ゲーテも石や鉱物が大好きで、それらを採集しながら旅をつづけていたからである」（「パドヴァの石屋」＝『マルジナリア』所収）と手放しで喜んでいる。

How to visit

ヴェネツィアから約40㎞西のパードヴァまで、マルコンテンタやストラなどブレンタ運河沿いのヴィッラの町々を経由するバスが便利。鉄道や、季節によっては船でのツアーもある。

1981年、テアトロ・オリンピコにて

Vicenza/Mantova

ヴィチェンツァ、マントヴァ

八一年、ヴェネツィアから鉄道でヴィチェンツァへ。ゲーテが「えもいわれぬほど美しい」と熱中した、十六世紀の建築家アンドレア・パッラーディオの建築を見るためだ。ギリシア神殿風の舞台が美しいテアトロ・オリンピコや壁上に小人の彫像が居並ぶヴィッラ・ヴァルマラーナなどを楽しみ、

上：テアトロ・オリンピコは1580年、パッラーディオによる建築。澁澤は内部の階段座席に座って、舞台の見学をした　下：同じくパッラーディオの傑作、1560年設計のロトンダ。円天井をもつ四角い建物。2枚とも澁澤が求めた絵葉書より

マントヴァのパラッツォ・ドゥカーレ「夫婦の間」の円形天窓（1473頃）。この小部屋はマンテーニャによる壁画で全面覆われている。貴婦人や天使たちが部屋を覗き込むような天窓の絵は、トロンプ・ルイユ（騙し絵）の先駆的な例だ

パラッツォ・テ「プシュケの間」より「オリンピアに挑むゼウス」。パラッツォ・テのフレスコは、ジュリオ・ロマーノによる1524〜35頃の作品。澁澤が求めた絵葉書より（上も）

その後マントヴァへ。かつて権勢をふるったゴンザーガ家の宮殿パラッツォ・ドゥカーレで「ふしぎな静謐にみちた」（『滞欧日記』）マンテーニャのフレスコ画を見、別邸のパラッツォ・テで設計者でもあるジュリオ・ロマーノの壁画を見るが、その「馬鹿でかい」絵はあまり澁澤を感動させなかったのか、「ジュリオ・ロマーノは図版で見ているほうがいいような気がした」（同前）とつれない感想である。

How to visit

ヴィチェンツァへはヴェネツィアから鉄道で約1時間。マントヴァへは、ヴィチェンツァからミラーノ方面行きでヴェローナまで約45分、モデナ方面行きに乗り換えて約40分。

フィレンツェとその近郊の町

ボーボリ庭園の「亀に乗ったピエトロ・バルビノ」、あるいは「バッカスの噴水」。1560年、ヴァレリオ・チョーリ制作の風変わりな彫刻。澁澤はこの作品の絵葉書も求めている

Firenze
フィレンツェ

花の都フィレンツェでまず見るべきものは、ルネサンスの名画が一堂に会するウフィツィ美術館だろう。一九七〇年、澁澤も初めに訪れるが、注目したのはブロンヅィーノ、ポントルモ、ロッソ・フィオレンティーノ、パルミジャニーノ、ヤコポ・ツッキといったマニエリスム画家、特異な個性をもつ幻想的な画家ピエロ・ディ・コジモやコズメ・トゥーラ、さらにイタリアだけでなくドナウ派のアルトドルファーらであった。こういう偏愛ぶりこそ澁澤の真骨頂だ。また、グロッタ（洞窟）好きの彼を喜ばせたのがピッティ宮の裏にあるボーボリ庭園。「いかにもバロック趣味の、凝ったもの」（『洞窟について』＝『ヨーロッパの乳房』所収）で、洞窟といえば第一に思い出す、というほど気に入ったようだ。

How to visit

フィレンツェには主要都市から鉄道で入るのが便利。ユーロスターでミラーノから約2時間半、ローマから約1時間半。市内は徒歩でほぼ回れる。フィエゾレは中心部からバスで約20分。

ヴェッキオ橋越しに夕刻のアルノ川を眺める

シブサワ絵葉書コレクション
〈フィレンツェ〉

40～42頁の29点はすべて、澁澤がフィレンツェで求めた、好みの画の絵葉書。当然ながら、盛期ルネサンスより、ブロンヅィーノやロッソ・フィオレンティーノなどマニエリスムの作品が多い。

1　ジョヴァンニ・ベッリーニ「宗教的寓意」1490-1500　ウフィツィ美術館
2　ルーベンス「バッカス祭」（部分）17世紀　ウフィツィ美術館
3　ゲラルド・スタルニーナ「テーベ」14世紀末～15世紀初頃　ウフィツィ美術館
4　ロッソ・フィオレンティーノ「エテロの娘たちを救うモーセ」1523頃　ウフィツィ美術館
5　ロッソ・フィオレンティーノ「王座の聖母子と4聖人」1518　ウフィツィ美術館
6　セバスティアーノ・デル・ピオンボ「アドニスの死」（部分）1512-13頃　ウフィツィ美術館
7　ポントルモ「エマオの晩餐」1525　ウフィツィ美術館
8　ポントルモ「聖母子と2聖人」1522頃　ウフィツィ美術館
9　ヴァザーリ「羊飼いの礼拝」16世紀　ウフィツィ美術館

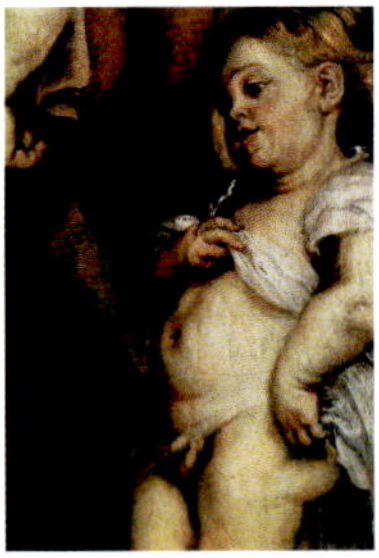
2

ミケランジェロ広場から望むフィレンツェの街並み

7

3

ルネサンス美術の宝庫、ウフィツィ美術館

8

4

5

1

9

6

Firenze

13　スカルセリーノ「パリスの審判」16世紀後半〜17世紀初　ウフィツィ美術館
14　アンニーバレ・カラッチ「ヴィーナスとサテュロス、2人のキューピッド」1588頃　ウフィツィ美術館
15　グレゴリオ・パガーニ「スザンナの水浴」16世紀　ウフィツィ美術館
16　アルトドルファー「聖フロリアヌスの別れ」1516-18頃　ウフィツィ美術館
17　アレッサンドロ・アローリらによるウフィツィ美術館廊下の天井画「グロテスク」1585

14

10

15

11

19

16

10　ブロンヅィーノ「マリア・デ・メディチの肖像」1542　ウフィツィ美術館
11　ブロンヅィーノ「バルトロメオ・パンチャティーキの肖像」1540頃　ウフィツィ美術館
12　ブロンヅィーノ「ガルツィア・デ・メディチの肖像」16世紀　ウフィツィ美術館

18　ボッティチェッリ「ホロフェルネスの遺骸の発見」1472-73　ウフィツィ美術館
19　コズメ・トゥーラ「聖ドミニクス」1475頃　ウフィツィ美術館
20　バキアッカ「聖アカシウス」16世紀　ウフィツィ美術館

17

12

20

18

13

26

23　サルヴァトール・ローザ「港の風景」1642頃　ピッティ美術館
24　クリストファーノ・アローリ「ユディット」16世紀末〜17世紀初　ピッティ美術館

ピッティ宮の背後にあるボーボリ庭園から街を望む

27

23

27　サルヴィアーティ「忍耐の寓意像」16世紀　ピッティ美術館
28, 29　フラ・アンジェリコ「リナイオーリ祭壇画」より楽奏の天使　1433　サン・マルコ美術館

24

21

28

25　ブロンヅィーノ「グイドバルド2世・デッラ・ローヴェレの肖像」16世紀　ピッティ美術館
26　ロッソ・フィオレンティーノ「リュートを奏する天使」1523頃　ウフィツィ美術館

22

29

25

21　ドッソ・ドッシ「エジプト逃避途上の休息」1516頃　ウフィツィ美術館
22　「メディチ家のヴィーナス」紀元前3世紀初頭　ウフィツィ美術館

上：ドゥオーモの傍らに立つ洗礼堂の天井画、13世紀の「最後の審判」。澁澤は例のごとく、この地獄絵の部分に興味をひかれた
下：フィレンツェの北約8kmの山麓にあるのが、ローマ時代やエトルリアの遺跡の多いフィエゾレ。丘の上からの眺望が美しい

Arezzo
アレッツォ

サン・フランチェスコ聖堂内を飾るピエロ・デッラ・フランチェスカ「聖十字架伝説」。1454〜64頃。聖十字架となった木にまつわる物語を描く壁画連作で、壁面を3段に分け、大小10の場面で構成

アレッツォの町を背に一枚。1974年5月

澁澤が好みの画家の一人に早くから挙げていたのがピエロ・デッラ・フランチェスカだ。七四年、中世の古都アレッツォのサン・フランチェスコ聖堂で「聖十字架伝説」に対面した日は、「葡萄酒色と藤色、薄い青と緑を主調とするピエロの壁画は、向き合った壁の両側にある。すばらしい」と、興奮を抑えながら淡々と日記に綴った。ちなみに八一年にはピエロの「シギスモンド・マラテスタの肖像」を見るためリーミニの町を訪ね、この時も大いに満足している。

上：「聖十字架伝説」の部分。ピエロならではの、静謐で柔らかな色調が美しい　右：13世紀のロマネスク寺院、サンタ・マリーア・デッラ・ピエーヴェ内に描かれたピエトロ・ロレンツェッティの祭壇画より「聖母子」（部分）。こちらもまた、澁澤の心を動かした。2点とも澁澤の絵葉書より

How to visit

アレッツォはフィレンツェから南東へ約70㎞、電車で小一時間。坂の多い町だが、サン・フランチェスコ聖堂、サンタ・マリーア・デッラ・ピエーヴェなど歩いて回れる。

Siena
シエーナ

上は、13世紀シエーナ派の画家、ドゥッチョ・ディ・ブオニンセーニャの最高傑作の一つ「荘厳の聖母（マエスタ）」。下は、ピエトロ・ロレンツェッティによる「聖母の誕生」、1342年。どちらもシエーナ大聖堂付属美術館で見て、澁澤は「シエナ派の粋を集めた感じ」（『滞欧日記』）と喜び、絵葉書を買った

シエーナの町。澁澤は「茶褐色の屋根瓦と緑色の鎧戸で統一されて……美しい」と日記に綴った

ドゥオーモの入口に腰かける澁澤夫妻。1974年5月

抜けるような五月の青空から、ポプラの綿毛がふわふわと降ってくる。トスカーナの町の中でも、澁澤はこの〝ポプラの町〟が一番気に入ったようだ。一九七四年、さわやかな朝の食事にも、美しいドゥオーモにも、ロレンツェッティの壁画「善政」に登場するような家並みにも心惹かれたが、何より嬉しかったのが、「春恋の『グ

澁澤“眷恋”の「グイドリッチョ・ダ・フォリアーノ」（部分・絵葉書より）。
シモーネ・マルティーニの1328年以降の作品だ

イド・リッチオ』」（『滞欧日記』）との対面。シモーネ・マルティーニの、「童話的な明るさ」（「シモーネ・マルティーニ――グイドリッチオ騎馬像」）をもつ「文句なしに好きな」（同前）この作品を、存分に眺めたのだった。

How to visit

フィレンツェから南へ約60kmのシエーナへは、高速バスか鉄道を使って入る。どちらも所要約1時間。ミラーノやローマからも直通バスが出ている。

空の青はシエナ派特有の青、あの（註・「受胎告知」の）聖母の衣裳と同じブルー・マリンであるが、まるで空いっぱいをラピスラズリで覆ったかのように、じつに美しい。そのいくらか灰色がかった青と、将軍と馬のまとったマントのあざやかな黄との、コントラストの妙はどうだろう。じっと眺めていると、結局、この絵が私の心を魅してやまないのも、この青と黄との配色の妙のためではなかろうかと思われてくるほどである。
（「シモーネ・マルティーニ――グイドリッチオ騎馬像」）

Ravenna
ラヴェンナ

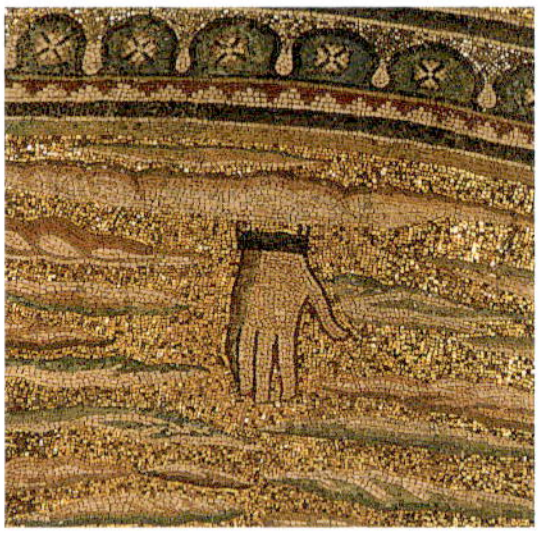

モザイクの町ラヴェンナ。その細部をコレクションしてみるのも、おもしろい。右列の4点はサンタポリナーレ・イン・クラッセ聖堂のモザイク。中央の1列4点がサン・ヴィターレ聖堂。左列4点がガッラ・プラチディア廟のもの。宗教画だけでなく、動物や植物、幾何学文様などのデザインの楽しさに、眼を奪われる

サン・ヴィターレ聖堂の回廊に立つ
澁澤。1981年7月

西ローマ帝国の首都であったラヴェンナはビザンティン美術の宝庫。五～六世紀の精緻なモザイクが今なお多く残る。澁澤も一九八一年に訪れ、六世紀建造のサンタポリナーレ・イン・クラッセ聖堂や同じ頃建てられた八角形のサン・ヴィターレ聖堂、ホノリウス帝の義妹を祀るために建てられた十字形のガッラ・プラチディア廟などを次々まわり、モザイク三昧の一日を過ごした。日記によると結局最初に見たモザイクの印象が一番強かったようで、いささか食傷気味だったのかもしれない。

How to visit

アドリア海沿岸の町ラヴェンナへは、フィレンツェから車で約2時間半。鉄道はボローニャ経由で約2時間半。サンタポリナーレ・イン・クラッセ聖堂は市街地から南へ約5㎞。

サン・ジミニャーノを訪れた時の
澁澤夫妻。1974年

異色画家たちとの邂逅

［北・中部イタリア］

文・小川 煕

〝マッジョーレ湖の姉妹〟に会いにいく

「なにしろイタリアという国は、ドアを一つ開けるだけで、一台の辻馬車に乗るだけで、あるいはちょいと舟遊びをするだけで、まったく思いもよらない人間や事物に出っくわす、興味津々たる国なのである。」というのは、澁澤龍彥が一九七一年に翻訳したピエール・ド・マンディアルグの小説『大理石』のなかの一節である。そしてまた同書の「あとがき」に澁澤は、「(ピエール・ド・マンディアルグは)イタリアの土地を愛し、イタリア人の女流画家ボナ・ド・マンディアルグ夫人とともに、今でもヴァカンスには必ずイタリアで暮らすという。」と記している。マンディアルグは澁澤が偏愛していた現代フランス文学者の一人であり、澁澤はそのいくつかの作品を通してイタリアのイメージを膨らませていたものと思われる。もちろんマンディアルグだけということではなく、ゲーテ、ブルクハルト(十九世紀のスイスの歴史家)をはじめ、数々の西洋の哲学者や文人の著作によってイタリアに関する膨大な知識を得ていたことは、旅行記『滞欧日記』の節々にそれらの引用が見られることからも明らかだろう。

そのイタリアに澁澤龍彥が龍子夫人を伴って初めて足を踏み入れたのは、一九

マッジョーレ湖に浮かぶ3つの小島。右がイゾラ・ベッラ、左がイゾラ・デイ・ペスカトーリ、奥にイゾラ・マードレ。“Isola Bella Tourist Guide”より

七〇年十月十八日のことだった。ただし最初のヨーロッパ旅行だったこの紀行は、九月一日にオランダから始まり、ドイツ、チェコ、オーストリア、フランス、スイスなどを周遊して、ほぼ七週間後にチューリヒから空路でミラーノに到着したのであった。しかし私としては澁澤には、旅程の都合があるとはいえ、スイスから陸路でイタリアに入ってもらいたかったという思いがある。ゲーテは、もちろん飛行機のない時代だったから、オーストリアから馬車でアルプスのブレンナー峠を越えてヴェローナに向かったのだが、憧れのイタリアに入ってから刻々現れる風土や人々を細かく観察して、心の戦《おのの》きを克明に綴っている。ゲーテのみならず、アルプスの北側のひとびとのイタリアへの想いは、太陽の光と海の輝きに対する憧憬そのものであり、別世界への訪れを意味するのである。

さてミラーノに着いた澁澤のここでの主目的は翌日のマッジョーレ湖 Lago Maggiore 行きであったから、ミラーノに関してはこの日の午後、スフォルツァ城 Castello Sforzesco を見に行っただけで、定番のドゥオーモやレオナルド・ダ・ヴィンチの〈最後の晩餐〉も見なかったらしい。翌朝いよいよマッジョーレ湖に向かう。アルプスの南麓に展開する大小の湖は世界でも屈指の風光明媚の所で、夏のヴァカンスには北側からの旅行者で大いににぎわうが、マッジョーレ湖畔の町ストレーザの沖合に浮かぶボッロメーオ諸島を一行はモーター・ボートで一巡する。この三つの小島は十七世紀にミラーノの貴族、ボッロメーオ家の

イゾラ・ベッラの庭園。階段式になった洞窟に大小の彫像群。てっぺんには一角獣

所有となったところで、そのうちイゾラ・ベッラ Isola Bella（美しい島）は、アンジェロ・クリヴェッリという建築家の手によって、島全体を一種の理想郷ともいうべき庭園に作り上げたものである。澁澤は「憧れの島なり。」と日記（『滞欧日記』）に記している。彼が最初に翻訳したジャン・コクトーの『大胯びらき』のなかでこのマッジョーレ湖の記述に出会い、そこで「イゾラ姉妹」という異名を知って以来、この島に憧れを抱いたらしい。

　最初に訪れたのはイゾラ・マードレ Isola Madre（母の島）である。ここは島全体が植物園のようになっていて、博物学に詳しい澁澤は「さながら夢の島にあそぶ思い」（「マジョーレ湖の姉妹」＝『ヨーロッパの乳房』所収）とご満悦を隠さず、ここで観察したオレンジ、ザボン、ミモザ、龍舌蘭、蘆薈《アロエ》、銀梅花《ミルト》……など、なんと二十九種もの植物名を列挙している。放し飼いの雉、錦鶏鳥、銀鶏鳥といった異国的な動物などにも興味を引かれている。二番目はイゾラ・デイ・ペスカトーリ Isola dei Pescatori（漁夫の島）であり、ここだけに漁民の集落があって、一行は昼食をとっている。澁澤の旅行記にはしばしば食事の記録が出てくるので興味深いが、ここではこの島で獲れた魚のフライ、酢漬け、スパゲッティ・ヴォンゴレを食べ、「期待したほど美味しくはなかった」（同前）と書いている。日本でもポピュラーなこのパスタは海に産するアサリを使うものだから、山の湖では無理だろう。だから魚料理はこのあと、ヴェネツィアやローマで満喫したようだ。

さて最後のイゾラ・ベッラにはボッロメーオ伯の別荘があり、これこそ、まさに〝澁澤好み〟の典型的なバロック調の宮殿なのである。さまざまな彫像をふんだんに配置したテラスあり、グロッタ（洞窟）風の部屋ありといった具合で、澁澤は「龍宮城」を想起したりしている（「洞窟について」＝『ヨーロッパの乳房』所収）が、いわば人工の極致ともいうべき創造物に堪能したようだ。夕闇の迫るこの島を去る時の印象を「遠くでは、イゾラ姉妹が夜会服に着替えたようだった、宝石をいっぱい飾って……」（「マジョーレ湖の姉妹」）という甘美な言葉で語っている。

ヴェネツィアとその周辺

澁澤はヴェネツィアを二度訪れているが、いずれもヴェネツィア本島で見たものは多くはない。まずは定番のアカデミア美術館 Gallerie dell'Accademia。日記にはジョヴァンニ・ベッリーニ、ティツィアーノ、ティントレット、ヴェロネーゼ、ジョルジョーネといったヴェネツィア・ルネサンスの巨匠の名を一通り挙げているが特に感動はなかったようだ。

ヴェネツィア、アカデミア美術館入口

トルチェッロ島での澁澤。1981年

ブラーノ島の街風景

そもそも龍子夫人によれば、澁澤は出発前に入念に旅程の計画を立て、とりわけ美術館で見るべきものについては具体的に的を絞っていたという。つまり彼にとっては「確認」の旅だったというのである。そうした態度はこのあとも随所に現れる。

二度目の滞在で見たサン・マルコ広場に面するコッレル美術館 Museo Correr はより知名度が低いが、十九世紀の一貴族の収集を母胎としたもので、こちらの方がおそらく〝澁澤好み〟にマッチしただろうと思う。ここでは、まずはカルパッチョの〈二人の娼婦〉との出会いに喜んでいる。黄金期のヴェネツィアの頽廃的な風俗を描いたこういう作品に早くから注目しているのはさすがというところだ。そしてカルパッチョといえば、スクオーラ・ディ・サン・ジョルジョ・デリ・スキアヴォーニ Scuola di San Giorgio degli Schiavoni の礼拝堂内壁を飾る一連の油彩画こそ、ヴェネツィア・ルネサンス全体から見てもユニークな作品であり、澁澤は二度目にようやく念願の対面を果たしている。ここでは十面からなる宗教的主題が描かれているが、中でも圧巻は〈聖ゲオルギウスと悪竜〉の場面である。とりわけ人の目を引くのは、ドラゴンが食い荒らして地面に散らばる生贄の人体の断片だろうが、澁澤はわざと無視したように「貝殻やトカゲがいるのが面白い。」（以下、この項の引用はすべて『滞欧日記』）とだけ記している。最初のヴェネツィア滞在の三日目、澁澤はムラーノ、ブラーノ、トルチェッロ

カルパッチョ〈二人の娼婦〉1490年頃　コッレル美術館（ヴェネツィア）

カルパッチョ〈聖ゲオルギウスと悪竜〉1502－07年　スクオーラ・ディ・サン・ジョルジョ・デリ・スキアヴォーニ（ヴェネツィア）

の島めぐりの船に乗っている。ムラーノはガラス工芸の島。ブラーノは島全体がレースの産地だが、船着き場一帯はおもちゃのようなカラフルな街づくりで、そぞろ歩きが楽しい。最後のトルチェッロがこのコースの目的地であり、小さな島の中心にあるサンタ・マリーア・アッスンタ Santa Maria Assunta というビザンティンの聖堂は、ある意味ではキリスト教美術歴訪の終着点のような満足感を人々に与えるだろう。アプシス中央に立つモザイクの聖母子（十三世紀）は、あらゆる聖母子像のなかの十指に入ると私は考えるが、澁澤はどうやらそれよりも入口背面のモザイク〈最後の審判〉がお目当てだったようだ。

二度目の滞在中にはブレンタ運河沿いにパードヴァまで足をのばしている。十六・十七世紀の共和国の絶頂期に、狭い本島を離れて田園を背景とした環境での逸楽に憧れたヴェネツィア貴族の別荘（ヴィッラ villa）がこの運河沿いに相次いで建てられ、五十ほどが姿を止めている。ヴィッラや庭園は澁澤の旅における一貫したテーマだったが、その一つがパッラーディオ設計のヴィッラ・フォスカリ Villa Foscari（通称ラ・マルコンテンタ La Malcontenta）であった。澁澤はさまざまな建築要素はもとより、壁画に現れるトロンプ・ルイユに格別の関心をもったようだ。

運河の一番奥のストラというところにあるヴィッラ・ピザーニ Villa Pisani は、十八世紀のヴェネツィアのドージェ（総督）の別荘で、規模としてもこの地

トルチェッロ島のサンタ・マリーア・アッスンタ大聖堂
★入口背面のモザイク〈最後の審判〉→32〜33頁参照

パードヴァ、イル・サント聖堂前の広場に立つ、ドナテッロの〈ガッタメラータ〉。青銅の騎馬像。1450年頃

区で最大のものである。庭園の一部に非常に有名な人工の迷路（ラビリント）があり、私自身が澁澤とこれについて話し合ったことがあるが、なぜか全く記述がないのはちょっと不思議だ。

この旅行ではパードヴァ、ヴィチェンツァ、マントヴァも訪れている。パードヴァでは聖アントニウスの霊廟のあるイル・サント聖堂（サンタントニオ聖堂 Basilica di S.Antonio）とスクロヴェーニ礼拝堂 Cappella degli Scrovegni を見ている。後者の内部を飾るジョットの壁画はこの画家の最大の傑作として名高いが、澁澤は「それほどの感銘はなかった。」と一蹴しているのがおもしろい。

ヴィチェンツァで見るべきものは、なんといってもパッラーディオの建築だろう。有名なテアトロ・オリンピコ Teatro Olimpico にはあまり感銘を受けた様子はなく、代表作の一つ、郊外のヴィッラ・ヴァルマラーナ Villa Valmarana ではアプローチの塀の上に並ぶ小人の群像彫刻に注目している。

電車でマントヴァに向かう途中のヴェローナは通過してしまう。観光の目玉である「ジュリエットの家」などにはとんと興味を示さないのは、まあ当然か。マントヴァのパラッツォ・ドゥカーレ Palazzo Ducale では「小人の階段、小人の部屋」が印象に残り、「ゴンザガ家の意匠はかなりグロテスク好みである。」と規定しているが、そのような断定はちょっと無理だといっておこう。そしてパラッツォ・テ Palazzo Te（「テ」はこの場所の古い地名 Tejeto に由来し、「デル・テ」と

パードヴァ、スクロヴェーニ礼拝堂
★ジョットの壁画→35頁参照

ヴィチェンツァのヴィッラ・ヴァルマラーナ。塀の上の彫像

するのは誤用）には「失望した。」と記し、ここに壁画の大作を描いたマニエリスムの画家ジュリオ・ロマーノにもあまり感心していないが、その理由ももう少し知りたいものだ。

　ヴェネツィアではふつうなら真っ先に入って見るサン・マルコ聖堂には足も踏み入れなかったことを付け加えておく。

★ジュリオ・ロマーノの壁画→37頁参照

フィレンツェとトスカーナの小さな街

　フィレンツェには二回滞在しているが、いずれも短かった。まず訪れたのはウフィツィ美術館 Galleria degli Uffizi。周知のように十四世紀から十七世紀ぐらいまでのイタリア絵画の名作が時代順に並んでいて、大抵の人は終りの方では疲れて手抜きしてしまうものだが、澁澤は「かなりマニエリスムが多いこと。」（以下、この項の引用はすべて『滞欧日記』）に注目して、ブロンヴィーノ、ポントルモ、ロッソ・フィオレンティーノなどを丹念に見ており、パルミジャニーノの〈首の長い聖母〉はとくに気に入ったようだ。要するにフィレンツェが誇る盛期ルネサンスには関心が薄く、たとえばこの美術館で最も人気のあるボッティチェ

パルミジャニーノ〈首の長い聖母〉1535年頃　ウフィツィ美術館（フィレンツェ）

ソドマ〈聖セバスティアン〉1525年　ピッティ美術館（フィレンツェ）

ッリの〈春〉などに興味がないわけではあるまいが、日記では記述が全くない。
次に行ったピッティ美術館（パラティーナ美術館 Galleria Palatina）でも、ティツィアーノ、カラヴァッジョ、ティントレットなどには「うんざりする。」と反感を示し、わずかにソドマの〈聖セバスティアン〉を挙げている。巖谷國士氏の指摘によれば、最初のヨーロッパ旅行の出発に際して、羽田空港には三島由紀夫も送りにきていて、澁澤の旅行記にしばしば聖セバスティアンへの言及が見られるのはそのことと関係があるだろうと思われる。

最初の滞在の三日目には早くもフィレンツェ北側の郊外のフィエゾレを訪れている。エトルリア人の集落があったところだが、澁澤が目指したのはバンディーニ美術館 Museo Bandini というちっぽけな美術館だ。ボッティチェッリ、フィリッポ・リッピなどの名を挙げている。それにしてもめったに人の行かないこういうところにわざわざ出かけるのだから、彼の予備知識の豊かさには舌を巻く。フィエゾレは早くからヨーロッパの文人たちが好んで滞在したところだから、だれかの文章によってなんらかのイメージを抱いていたものと思われる。

澁澤の二回目の旅行はまさにイタリアに限定し、私がローマ空港に出迎えて数日間の行動をともにしたものだった。ここではその前半を後回しにして後半のトスカーナ地方に関する部分について述べる。ローマから私の車でシエーナに向け

フィレンツェ郊外フィエゾレのローマ劇場。この地域には古代ローマやエトルリアの遺跡が多く残る

アレッツォの町風景

★ピエロ・デッラ・フランチェスカ〈聖十字架伝説〉→44～45頁参照

タッデーオ・ディ・バルトロ〈地獄〉より、〈羨望〉1393年　コッレジャータ（サン・ジミニャーノ）

同じく〈地獄〉より、〈憤怒〉

て出発、コルトーナを経て最初に訪れたのはアレッツォである。ここではもちろんサン・フランチェスコ聖堂 Chiesa di San Francesco のピエロ・デッラ・フランチェスカの壁画〈聖十字架伝説〉を見る。澁澤はたった一言、「すばらしい。」と書き残している。それこそ「確認」がなされたということだろう。

シエーナではまずパラッツォ・プッブリコ Palazzo Pubblico に行き、「眷恋の」〈グイドリッチョ〉（シモーネ・マルティーニ）を眺める。そしてアンブロージョ・ロレンツェッティの〈善政と悪政〉も「非常に気に入った」。美術館としては夫妻だけで国立絵画館（ピナコテーカ Pinacoteca Nazionale）に行き、私が感想をきいたら「おもしろかった」と満足そうだった。日記にはここでもソドマの〈ユーディット〉をとくに挙げているのは注目に値するだろう。本名をジョヴァンニ・アントニオ・バッツィと称するこの画家は、男色の性癖のためにソドマという仇名をつけられたとされていて、そういう人格にも澁澤は関心があったのだろうし、また「ユーディット」はアッシリアの将ホロフェルネスの寝首を掻いたイスラエルの若い女であり、その戦慄的な描写が澁澤の好みに合っただろうことは想像にかたくない。

ドゥオーモは「じつに美しい」と感嘆している。しかしこのゴシック建築の評価については、私自身もそうなのだが、美術史家の間には異論もある。たしかに白と黒の大理石の横縞の壁は美しい装いだが、ファサードの意匠は過剰で風格に

アンブロージョ・ロレンツェッティ〈善政と悪政〉より、〈悪政〉部分　1338〜40年　パラッツォ・プッブリコ（シエーナ）

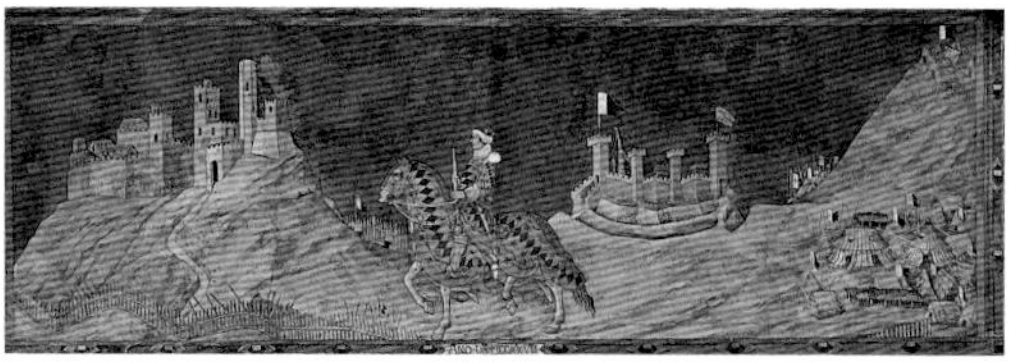

シモーネ・マルティーニ〈グイドリッチョ騎馬像〉1315年　パラッツォ・プッブリコ（シエーナ）。47頁も参照

欠ける。ただし内部の床面には十五世紀の具象的なモザイクが敷かれているのがめずらしく、そこにはシビラ、ヘルメス・トリスメギストスや「運命の車」など、澁澤のお気に入りの錬金術に関する図像がふんだんに現れる。

シエーナのあとにサン・ジミニャーノに寄る。高い塔が林立する町として今日では人気の観光スポットだが、このころには訪れる日本人はまれだった。彼のお目当てはしかし、塔ではなくて、「コッレジャータ」Collegiataと呼ばれる聖堂にあるタッデーオ・ディ・バルトロの〈地獄〉（フレスコ）であった。より正しくは〈七つの大罪〉というべきもので、つまりそれぞれの罪に対応する刑罰のさまが克明に図解されているわけである。

中部イタリアとしてはこのほか、ボローニャを拠点として、エミリア＝ロマーニャ地方を少し歩いている。ここでの彼の最大の収穫はリーミニにあるピエロ・デッラ・フランチェスカのフレスコ画〈シギスモンド・マラテスタ〉との出会いだっただろう。「感激的な対面だった。」と素直に記している。ピエロ詣でのためにはここを省くわけにはいかないという思いがあったのだろう。

ビザンティン美術の宝庫であるラヴェンナでは、やはりモザイクの美しさには圧倒されたようだが、宗教性について、なんらかの見解が聞かれなかったのは私としては残念だといっておこう。

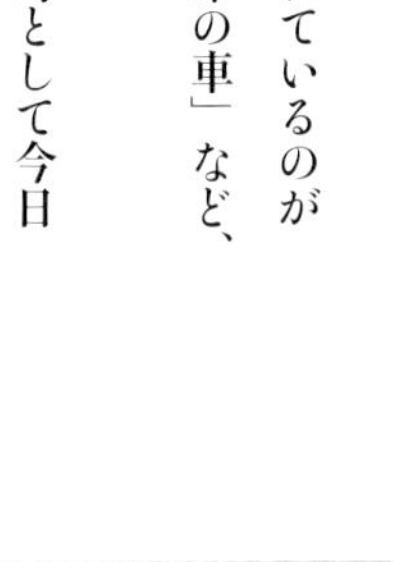

白と黒の横縞模様を呈する、シエーナのドゥオーモ

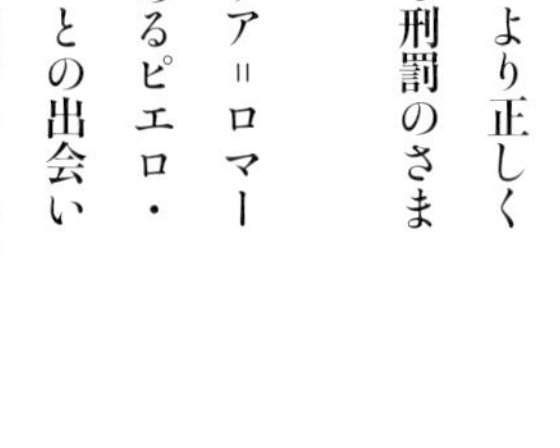

サン・ジミニャーノ San Gimignano の町並み

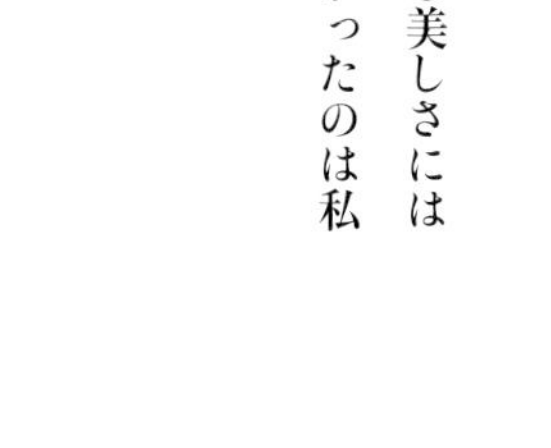

ピエロ・デッラ・フランチェスカ〈シギスモンド・マラテスタ〉1451年　テンピオ・マラテスティアーノ（リーミニ Rimini）

パードヴァで澁澤が買い求めた、長径3cmほどの"トスカナ石"。「すべすべした灰色の表面に、濃淡のある茶褐色の模様がついていて、その模様が廃墟、塔やピラミッドのある崩れ去った都市のように見える」(「パドヴァの石屋」＝『マルジナリア』所収)。トスカーナ地方の地層から出る大理石の一種という

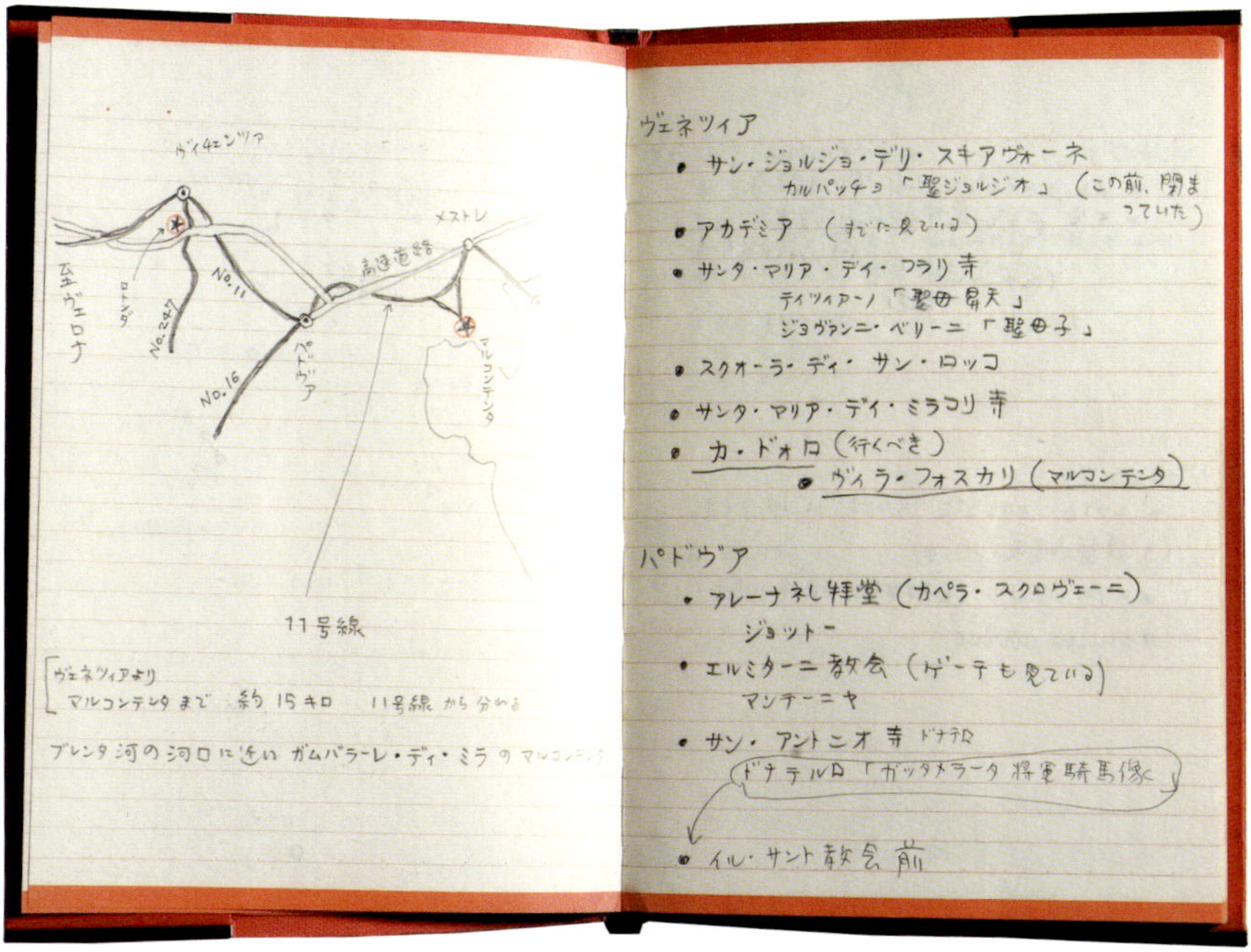

1981年の旅の日記より、ヴェネツィア周辺の地図や予定を書き込んだ冒頭部分。出発前に、行きたい場所を列記していた

プーリア紀行

長靴の踵にあたるプーリア地方は、
かつて中世シチリア王国の文化が花開いた土地。
1974年、澁澤は異才の王フリードリヒ2世の夢の跡を追って、
この地へと向かう。青空の下、どこまでも広がる
オリーヴ畑や葡萄畑、田舎道で出会う蚕豆やアーティチョーク……。
迎えてくれた南国のフローラは、彼を虜にしたのだった。

アルベロベッロ近くの丘まで登ると、プーリアの平野が眼前に開けた。見渡す限りのオリーヴ畑、その向うはアドリア海。ゲーテや澁澤ならずとも、心躍ってしまうだろう

✣ カステル・デル・モンテ

アドリア海がほど近い平野の丘に、要塞のごとく立つカステル・デル・モンテ（山の城）をはるばる望んだ時、澁澤の胸は高鳴った。かねてから関心を寄せていたシチリア王、〝世界の驚異〟と呼ばれたフリードリヒ二世の造った城だ。城というより正八角形をした塔で、その各頂点にも正八角形の八つの小塔が付属している。澁澤によれば、どこまでも八角形で統一された〝一個の多面体のオブジェ〟。乾燥した南国の風を受けながら、「地中海帝国という、実現されなかった皇帝の夢の結晶」（「ペトラとフローラ」）を眼に焼きつけた。

丘の上にそそり立つ、この厳格に八角形を貫く幾何学的建造物を13世紀につくったフリードリヒ2世は、美術や科学を愛好し、占星術や錬金術に熱中し、珍獣を集めた動物園や自動人形の庭園をこしらえ、数ヵ国語を操った奇才だった。「八角形の塔は、いわばゲルマン精神とラテン、ノルマン、ギリシア、アラビア各精神との交点なのである」（「ペトラとフローラ」）と澁澤は言い切る。城の中では、螺旋階段（左上）やアーチ型の梁の各所に怪物の彫刻が見られる（左中）

How to visit

プーリア州へはレンタカーが便利。高速道路も整備されている。空路ならミラノ、ローマから州都バーリへの便がある。バーリへは電車ならローマから約6時間。カステル・デル・モンテは、バーリから最寄りの町アンドリアまで鉄道で約1時間。さらに南へ約18km。

中庭から見上げる青空も八角形。どこまでも八角形だ。そういえば澁澤は、最後の作品『高丘親王航海記』の「蘭房」で、この城のような構造の八角形の部屋を登場させた

プーリア地方の植物相の特徴は、まずオリーヴ、仙人掌《さぼてん》、無花果《いちじく》、龍舌蘭、夾竹桃などといった、乾燥した土地に特有の南国的なものであった。

（「ペトラとフローラ――南イタリア紀行」『旅のモザイク』）

上：勢いよく空に向って"手"を広げている仙人掌　下：田舎道を進んでいくと、ヒナゲシのお花畑が現われた

上：夾竹桃の花の淡いピンクが、南イタリアの空に映える　下：仙人掌もつぼみを膨らませ、花を咲かせようとしていた

上：イタリア語でカルチョーフォ、アーティチョークが葱坊主のようなつぼみをつけていた　下：巨大な龍舌蘭の葉が生い茂る

✣ アルベロベッロ

真っ白な壁の向うから、ひょいと人が現われる。鳥の声が響くアルベロベッロの早朝は、路地歩きに最適だ

Alberobello

私たちは一瞬、
お伽の国に迷いこんだかのような
錯覚にとらわれる。
（「ペトラとフローラ――南イタリア紀行」
『旅のモザイク』）

現在この町には約3000軒のトルッロがあるという。トルッロは屋根の石積みが3層、壁は1.2〜1.3mもの厚さがあって、夏涼しく冬暖かい合理的な構造。別荘にしている北イタリア人も多く、その一軒を見せてもらった（左上）。中は一つのとんがり屋根に大きな一部屋が基本。白壁に木の味わいを生かしたインテリアで統一し、アンティークの家具を揃える。家も物も古いものを上手に使い、新しい暮らしを楽しむ、イタリア人はそういうことがうまい。小ぢんまりとした中庭も丁寧に手を入れている（右上）

石を積み上げた円錐形の屋根、石灰を塗った白壁の家が青い空に映える。町並みすべてが、このトルッロの連続で成っているのだから壮観だ。今や世界遺産に認定されて観光客が押し寄せるが、澁澤が訪れた当時、この不思議の国の路地をさ迷う旅行者はそう多くはなかった。マンディアルグの小説でこの町に憧れていた澁澤は、歩き回ってはシャッターを切り、レストランでは他の客の真似をして生の蚕豆をかじる。日記の行間には、子どものように浮き浮きする様子があふれている。

How to visit

標高400mほどの丘の上にあるアルベロベッロへは、鉄道でバーリから約1時間半、ターラントから約1時間半。町の中は歩いてすべて回れる。

上：ふと見上げると、急勾配の屋根に、猫がのんびり　下：家の戸口に垂らす〝縄のれん〞は涼しげで、どことなく郷愁を誘う

上：畑で野菜を育てているおばあさん。町の中なのに自然も豊かだ　下：トルッロの居並ぶ様は「まるで巨大な茸が異常に繁殖したかのようだ」(「ペトラとフローラ」)

3・10のトマトや12のピーマンの類は、色濃く艶があって、そのままかじりたい

6

1

10

7

1　気取らない居酒屋などでは、蚕豆は生のまま酒の肴にするのが普通。澁澤も面白がってしたように、莢から取り出して生の豆をがりがりかじる。もちろん固いけれど、なぜかこの南イタリアの気候の中で食べると、青くささが気にならない

2

11

8

5

3

2や8は瓜の仲間。2はほの甘い水分を多く含み、夏の間、喉の渇きを癒すのにいい果物なのだとか。9の木の実もそのまま食べる。少し甘みがあっておいしい

9

アルベロベッロでは野菜市をはじめ、靴や服、生活雑貨まで扱う市が、週に一度、町の中心の広場で開かれる。2〜12は野菜市で出会ったもの。どれも「PUGLIA（プーリア産）」とだけ書かれていて、驚くほど安い

12

4・6のアーティチョークは、5月でそろそろ終わりになる。煮たり揚げたりして手軽に食べる。繊維があって芋のような触感。一度食べたら忘れられなくなる。葉もの野菜も緑が濃い。5のセロリの茎の太さなども、半端ではない

4

23

20

13　カルチョーフォ（アーティチョーク）のフライ
14　フォカッチャ。南イタリアにはロングパスタがなかったので、かつて、小麦粉を焼き、昨日の残りのソースをかけて畑に持っていったのが始まり。ピザと違って固くならないのが特徴という

13

23　ペペローニ（ピーマン）、ベシャメルソース、チーズのオーブン焼き
24　蚕豆とポテトのピューレと温野菜チコリ
25　ナスのムース。トマトソースとバジリコをかけて

21

14

24

22

17

13〜25は、町のリストランテ L'Aratro 26・27の料理。山の町アルベロベッロらしい伝統的な郷土料理で、見た目も可愛らしくおいしい
15　自家製カバテルーチ（小マカロニ）。白いんげんとムール貝

25

19　モッツァレラのベーコン巻き
20　トリッパ（牛の内臓の煮込み）
21　リコッタチーズのオーブン焼き。ビンコットソース
22　ほうれん草とパンと卵のオーブン焼き。それとフンギ（マッシュルーム）など

18

15

27

26

19

16　中にミルクを入れたチーズ、ブラータと、モッツァレラ
17　自家製オレキエッテ（小さな耳型のパスタ）。菜の花とアンチョビソース
18　パンとチーズのお団子揚げ、ポルペッタ

16

✣Alberobello

静かな感じのよいアルベロベッロのリストランテで、ふと隣りの客のテーブルをのぞくと、観光客のドイツ人らしい老夫婦が、皿に盛りあげた蚕豆《そらまめ》を莢から出して黙々と食べている。私は急に蚕豆が食べたくなって、可愛らしい少年給仕に同じものを註文すると、出てきた莢つきの蚕豆は、驚いたことに生まのままの蚕豆であった。私は妻の呆れ顔を尻目に、葡萄酒をちびちび飲みながら、初めて食べる生まのままの蚕豆をむしゃむしゃ食った。その青くさい味も、野趣があって悪くはなかった。「ピュタゴラスの蚕豆か」と私はつぶやいた。

（「ペトラとフローラ——南イタリア紀行」『旅のモザイク』）

アルベロベッロの近くの田舎道で。
1974年5月

✣ グロッタリエ

町の中でも大きな窯元。明るい茶色の壺が、
グロッタリエのやきものの特徴の一つ

右上：切り立った崖には、やきものの町らしく、色鮮やかな絵の陶板がいくつも飾ってある　左上・右下：数ある窯元兼店舗では、若い職人たちが仕事に励んでいた　左下2点：グロッタリエでは大量生産の食器も多くつくっているが、オリジナルの作品をつくるところもある。それぞれに形やデザイン、色を工夫している

アルベロベッロをはじめ、プーリアには個性的な小さな町がたくさんある。夜にライトアップされ丘の上に円形の城壁を浮かび上がらせるロコロトンド、バロック建築が華やかなマルティナ・フランカ、それから澁澤が立寄った陶器の町グロッタリエ。大小の窯元が軒を連ね、併設する店では明るい茶や緑、黄色のぽってりとした釉が特徴の人形や食器、壺の類が売られている。町名のとおり、グロッタ（洞窟）風の空間を改装した洒落た店もある。澁澤はその中の一軒で小さな壺を一つ求めた。

How to visit

グロッタリエはターラントの東約20㎞。アルベロベッロからは南東へ、車で小一時間。プーリアの町をめぐるには、車が便利だ。

✣ターラント

澁澤のプーリアの旅も、この古い港町でフィナーレを迎えた。マグナ・グレキア（大ギリシア）の主要都市であったターラントは、空飛ぶ機械仕掛けの鳩を作ったという、ピュタゴラス学派の幾何学者アルキュタスの故郷であり、また、毒蜘蛛タランチュラの由来となる町でもある。そういう点が、澁澤にとっては重要なのだ。国立考古学博物館で古代ギリシアの彫刻や装飾品を見、騒々しい旧市街をぶらつき、窓から窓へ紐で吊るされた洗濯物が海風に翻るのを眺め、人なつこい子どもたちと戯れたのであった。

港町ターラントは、かつてマグナ・グレキアの中でも重要な土地で多くの物資が集まった場所だ。国立考古学博物館には、当時の貴重な遺産が数多く収蔵されている。繊細な彫金のイヤリング（右上）、小さな魚をあしらって、じつにモダンな文様となった器（左上）、両手を組み合わせた、優美なブロンズのくるみ割り器（左中）など、彫刻、彫金、テラコッタの技術の高さ、デザイン感覚の鋭さに驚かされる

How to visit

バーリからは電車で1〜2時間。ナポリへは電車で4〜5時間、ローマへは6時間半〜7時間かかる。ターラントの旧市街と新市街は、ジレヴォレ橋を挟んで隣り合って広がる。

✣ Taranto

2007年5月現在、修復中の国立考古学博物館に代わって収蔵品を展示するパラッツォ・パンタレオにて。旧市街の港に面した入口にはいつも猫がいる。隙を見て中に入っては、職員に追われて退散。何度もその繰り返しだ

ローマとその近郊の町

ローマの西、広大な公園の一画にあるのが、ヴィッラ・ドーリア・パンフィーリ。探し回って歩きに歩いて、ひっそりたたずむ古い宮殿と廃園となった迷宮庭園を見つけた

Roma
ローマ

南イタリアに憧れていた澁澤は、ローマを拠点に、北はボマルツォ、東はティヴォリ、南はプーリア方面への小旅行を楽しんだ。ローマ市内で澁澤の心を摑んだものは、美術館で出会うマニエリスト――ドッソ・ドッシ、カラヴァッジョ、コレッジョらであり、ルーカス・クラナッハである。独特の姿態の裸体を描くクラナッハはとくに好みで、後に『幻想の肖像』や『裸婦の中の裸婦』で詳述した。また「おびただしい大理石の彫像にうんざり」（『滞欧日記』）もするが、キュレネのヴィーナスなど、目当ては決まっていた。庭園にも大いに満足したようだ。ヴィッラ・ドーリア・パンフィーリでは「荒れるがままに放置された迷宮庭園のデカダンな美しさに感嘆した」（『ペトラとフローラ』）。

植物相が豊かなヴィッラ・ジュリアの庭園で。1974年5月

さらに澁澤がローマで眼を止めたものを挙げよう。現在マッシモ宮にある「眠るヘルマフロディトス」。「両性具有というイメージには、なにかこう、失われた全体を回復しようとする人間の本質的なあこがれが投影されているような気がするのでね」(『裸婦の中の裸婦』)。また、城好きな澁澤らしく円形のサンタンジェロ城も。壁画に一角獣と貴婦人のモチーフを見つけたことにも喜んだ。そしてエトルスク美術館ヴィッラ・ジュリアの庭。グロッタや噴水のある彼の大好きな「一種の小ぢんまりしたバロック庭園」(『滞欧日記』)だ。

ヴィッラ・ジュリアでの澁澤のお気に入りは、エトルスク時代の収蔵品よりも、花や樹木が繁り(左)、グロッタや噴水がしつらえられた(右)庭園。さらに中庭で、緑色のトカゲが走るのを見て感激している

Roma

夕刻、ジャニコロの丘からローマの街を俯瞰する。左のクーポラあたりがヴァティカン

マッシモ宮の両性具有像、「眠るヘルマフロディトス」。原作はヘレニズム時代。長さ150cm弱。
古代人が偏愛した官能的な両性具有のイメージは、澁澤にとっても魅力的なテーマだった

元々は2世紀にハドリアヌス帝が霊廟としてつくらせた、サンタンジェロ城。澁澤はこの円形の建物に、ルネサンスの画家たちの描いた一角獣と貴婦人の壁画を見にきた。右は内部に掛けられていた、16世紀ルカ・ロンギによる「貴婦人と一角獣」

サン・セバスティアーノのカタコンベにある聖セバスティアンの大理石像。17世紀、ジョルジェッティの作だ。矢を射られて苦痛に身をよじりながらも、どこか法悦の表情を浮かべる、そんな〝逸楽的〟なところがたまらない

ベルニーニの弟子の Giorgetti の作になる、真白な大理石の逸楽的なセバスティアン像あり。壁龕みたいなところに置いてあり、ガラスの蓋があるので、何やら水族館を眺めるごとし。

（『滞欧日記』）

シブサワ絵葉書コレクション

〈ローマ〉

5　ベルナルド・パレンティーノ「聖アントニウスの生涯」15世紀末～16世紀初　ドーリア・パンフィーリ美術館
6　クェンティン・メツィス「両替商たちの口論」15世紀末～16世紀初　ドーリア・パンフィーリ美術館

3

7

4

1

8

2　ヤン・ファン・スコーレル「アガタ・ショーンホーヴェンの肖像」16世紀　ドーリア・パンフィーリ美術館
3　ヤン・ファン・ケッセル「静物」17世紀　ドーリア・パンフィーリ美術館
4　アンニーバレ・カラッチ「エジプトへの逃避のある風景」1604頃　ドーリア・パンフィーリ美術館

2

9

5

7　カラヴァッジョ「エジプト逃避途上の休息」1594-96頃　ドーリア・パンフィーリ美術館
8　ジャン・ロレンツォ・ベルニーニ「アポロンとダフネ」1622-25　ボルゲーゼ美術館
9　ジャン・ロレンツォ・ベルニーニ「プルトンとプロセルピナ」1621-22　ボルゲーゼ美術館

6

90～91頁の17点はすべて、澁澤がローマで求めた、好みの作品の絵葉書。マニエリスムの画家、北方フランドルの画家たちの絵を好んでいたのがわかる。

1　レオナルド・ダ・ヴィンチ「王妃ジャンヌの肖像」15世紀末～16世紀初　ドーリア・パンフィーリ美術館

Roma

13

10

17

14

10　コレッジョ「マグダラのマリア」16世紀　ボルゲーゼ美術館
11　ヤコポ・バッサーノ「キリストの生誕」16世紀　ボルゲーゼ美術館
12　ピントリッキオ「聖ヒエロニムスと聖クリストフォロのいる架刑図」1471頃　ボルゲーゼ美術館

15

11

ボルゲーゼ美術館、
アポロンとダフネの間

16

13　ドメニキーノ「ディアナの狩猟」1616-17　ボルゲーゼ美術館
14　ドメニキーノ「巫女シビラ」1616-17　ボルゲーゼ美術館
15　カラヴァッジョ「聖アンナと聖母（蛇の聖母、馬丁たちの聖母）」1605　ボルゲーゼ美術館

16　サヴォルド「眠るヴィーナス」16世紀　ボルゲーゼ美術館
17　ルーカス・クラナッハ「ヴィーナスと蜂の巣を持つアモール」1531頃　ボルゲーゼ美術館

12

澁澤が行くたび注文した、レストラン、グロッテ・デル・テアトロ・ディ・ポンペオのスパゲティ・ヴォンゴレ（上）と、店内のグロッタのある部屋（下）。ここからカエサルの暗殺現場に繋がっているのだとか

カンポ・デ・フィオーリとは〝花の広場〟の意で、その名のとおり毎朝、花や野菜の市が立つ。5月、ズッキーニや蚕豆、プンタレッレというローマ独特の葉ものなどが売られていた

美味しいものが大好きな夫人に大いに影響されたのか（?）、澁澤の日記には食べた料理や酒も度々登場する。ローマでは「盛り合わせオードブル、スパゲティ・ヴォンゴレ、エビの焼いたやつ」「スカンピ・エ・カラマーリ食う。前菜も美味なり。サクランボもうまい」などといった具合。とりわけ、朝市の開かれるカンポ・デ・フィオーリそばのグロッテ・デル・テアトロ・ディ・ポンペオというレストランが気に入ったのか、二度の滞在中、計三度も行った。庶民的な雰囲気で、現在もある。

トラステヴィレ地区にあるレストラン・サヴァティーニのハーブ酒〝サンブーカ〟。澁澤はこの「茴香の匂いのする食後酒」を堪能

How to visit

フィウミチーノ空港からローマの玄関口テルミニ駅まで直通電車で約30分。市内交通はバスや地下鉄が便利だ。タクシーも上手に利用すべきだが、渋滞で料金がかさむことも覚悟。

グロッテ・デル・テアトロ・ディ・ポンペオのカルチョーフォ（アーティチョーク）。このように丸ごと茹でてオリーヴオイルをかけて食べたり、かりかりに揚げて食べる。春から夏前の料理で、おそらく澁澤も初めてローマで味わった

エフェソスのアルテミス（ディアナ）。1568年の製作

Tivoli

ティヴォリ

庭園は澁澤の好むテーマの一つ。一九七〇年十月快晴の日、ティヴォリのヴィッラ・デステを訪れた。十六世紀、この地に隠棲した名門エステ家の枢機卿イッポリト・デステが、ベネディクト派修道院のあった場所に建築家ピッロ・リゴーリオの設計で造らせた別荘。庭園には大規模な階段式の〝オルガンの噴水〟、〝百の噴水〟、〝卵形の噴水〟など数々の仕掛け噴水、グロッタ、怪物や神話の彫像がある。澁澤はいくつもの乳房から水を発する〝エフェソスのアルテミス〟を最も気に入ったようだ。

How to visit

ローマの東約30㎞のティヴォリは高台に位置する風光明媚な町で、古代ローマ時代からの保養地。ローマからバスで約1時間。電車はローマのティブルティーナ駅から約45分。

苔のはえた涼しいグロッタの内部から、流れ落ちる水を眺めると、ちょうど水のカーテンが目の前に張られているような感じで、夏の暑さを避けるには、もってこいの場所となる。
（「洞窟について」『ヨーロッパの乳房』）

山の斜面に立つヴィッラ・デステからの眺めは素晴らしい。
広大な庭園のいたるところに仕掛け噴水があり、絶えず水の音に包まれる

それぞれに愛敬のある顔で水を噴く動物や怪物たち。小道に沿ってずらり並んで〝百の噴水〟となっている

Subiaco
スビアーコ

修道院から見渡せるのは、山の緑だけだ

山中の断崖にひっそりと立つベネディクト派修道院。巡礼者たちのいない昼下がり、静寂に包まれる

ティヴォリと同日、山の上の小さな町スビアーコのベネディクト派修道院へ。六世紀、聖ベネディクトゥスが洞窟に籠って修行したという古い修道院で、山腹にへばりつくように建つ。澁澤はここで屍体の変化を描いた十四世紀の壁画を思いがけず発見し、ひっそりとした中庭から「日本では想像もつかない青さの空」(『骸骨寺と修道院』=『ヨーロッパの乳房』所収)を仰いだ。

How to visit

ローマから東へ約65㎞。車なら高速道路と一般道を使って約2時間。ティヴォリにも寄って日帰りが可能だ。修道院は昼休みの時間帯は内部の見学ができないので注意。

Orvieto
オルヴィエート

大聖堂は1290年に着工し、17世紀初頭に完成。美しく彩色された、ゴシック様式の壮麗なファサードが印象的

ウンブリア州に属するオルヴィエートは、切り立つ断崖の上に立つ小さな町。入り組んだ路地を歩くと、いまなお中世の面影を残す町並みに出会える。大聖堂前の広場は明るく開けていて、観光客の姿が絶えない（左）。右は、白と黒の大理石が織りなす横縞が特徴的な大聖堂内部

ボマルツォの怪物庭園を堪能した澁澤が、山上の町オルヴィエートに着いたのは、もう日暮れ後のこと。ルカ・シニョレッリの天井画「最後の審判」で有名な大聖堂はすでに閉まって入れなかったが、その姿は「夜目にも白く、美しい。今まで見てきたどのゴシック建築よりも、外側の装飾が繊細で、美しく見えた」（『滞欧日記』）と絶賛した。ちなみに澁澤は、シニョレッリの壁画の中でもとくに「地獄堕ち」と「肉体の復活」の生々しい裸体表現に注目している。

How to visit

オルヴィエートはローマとフィレンツェを結ぶ幹線上の町。電車でローマから1時間〜1時間20分。駅から大聖堂の建つ中心部へは、ケーブルカーか巡回小型バスに乗ってすぐだ。

大聖堂内サン・ブリツィオ礼拝堂の天井と壁面には、ルカ・シニョレッリのフレスコ画「最後の審判」が描かれている。

牛のような二本の角をにょっきり生やし、蝙蝠のような膜質の翼を大きくひろげて、悠々と空中を飛行しているのは、怖ろしい地獄の悪魔である。その悪魔の背中に負われて運ばれてゆくのは、地獄に堕ちた罪の女だ。悪魔の肉体をよくごらんいただきたい。筋肉隆々として、まるでプロ・レスラーのようではないか。

(「地獄堕ち　ルカ・シニョレルリ」『幻想の肖像』)

6つの壁画のうちの「地獄堕ち」部分、罪の女を背負う悪魔。「たくましさと力と、画面にみなぎる悲劇的な感覚とは、この画家に独特なものと称してよかろう」(『幻想の肖像』)

Bracciano
ブラッチャーノ

蔓草のからまるブラッチャーノ城の入口へ
と向かう澁澤。1974年5月

城上からブラッチャーノ湖を望む。澁澤はここで蔓草の葉を摘みとり、「エーデラ edera（木蔦）」と声を発した少女と微笑み合った

右：小さな城門。これをくぐると右頁のアプローチにいたる　中：城の中の窓からも湖がよく見える　左：猪やトナカイの頭の剥製を飾る部屋

ブラッチャーノ湖を見下ろす高台に、名門貴族オルシーニ家が十五世紀に建造したブラッチャーノ城がある。一九七四年五月に訪れた澁澤は、この、小さいながら内部は意外に広く迷路のように入り組んだ山城を好ましく思い、「忘れがたい」（『城』）と語った。武具や甲冑をコレクションした部屋や牛、猪、トナカイの角や頭蓋骨を飾る部屋にとくに惹かれたという。また湖畔の町アングイラーラ（アングイラは鰻の意）はローマ時代から鰻の産地で、ここも大いに気に入ったようだ。澁澤もローマ人よろしく、名物の鰻料理を味わった。

How to visit

ブラッチャーノ城はローマから北西へ約40㎞、車で約1時間。城内の見学は、所要1時間ほどのガイド付きツアーもある。アングイラーラは数㎞ほどローマ寄りの湖畔にある。

ナポリとその近郊の町

ラヴェッロは標高350mほど、岩山の中腹にある小さな町で、アマルフィ海岸を眼下に望める

一九七四年五月、プーリア州からナポリを目指した澁澤は、エニシダの群生を車窓に見ながら西進し、サレルノから海岸沿いをくねくね走って、アマルフィの手前で山側に上りラヴェッロという町に

右：町の中には路地が入り組む。坂道や階段を下ってアマルフィまで歩くこともできる　左：小道に咲くブーゲンヴィリア。南イタリアの強い陽光がふりそそぐ

Ravello

ラヴェッロ

上：サレルノ湾の海岸線を眺める。ワーグナーゆかりの音楽の町としても知られ、毎年7月には音楽祭で賑わう
下：普段はいたって静か。塀の上では猫がのんびり

着く。海を一望する小ぢんまりとしたホテル・ルフォーロに投宿した。このリゾートホテルは今もある老舗で、澁澤が見たトロンプ・ルイユ（騙し絵）のプールは改装されてしまったが、ロビーに一九二〇年代当時の写真が飾られ、D・H・ロレンスが滞在したという部屋も残されている。細い坂道や階段を上り下りすると海が見え隠れする、静かな町だ。町を抜けソレント半島を横断する。山越えのワインディングロードを走るとヴェスヴィオ山が目前に現われた。ナポリの町はもう少しだ。

How to visit

アマルフィの約3km山上の町。ナポリから高速を使って車で約1時間30分。アマルフィからは所要約30分のバスも出ているが、車が便利。町の中は徒歩ですべて回れる。

Napoli

ナポリ

国立考古学博物館にある「ウェヌス・カリピージュ」。カリピージュは〝美しい尻〟の意味。澁澤が見たかった〝お尻のヴィーナス〟だ。高さ152㎝。あどけなさの残る女性の顔立ちも美しい

ナポリの魅力の一つは新鮮な魚介。街のピッツェリアのタコとオリーヴのサラダ（右）、紙焼きの魚介スパゲッティ（左）も安くてうまい。澁澤はサンタ・ルチア海岸を眺めながら、スパゲッティ・ヴォンゴレ、タコの煮ものと白ワインを堪能した

道一杯の車、すり抜けるバイク、警笛の嵐。ナポリの街の騒然たる様相は、澁澤が驚いた頃とほとんど変わっていない。ひどい渋滞と喧騒に巻き込まれても見たかったのが、国立考古学博物館の〝お尻のヴィーナス〟。サド侯爵が大好きだったという後期ヘレニズムの彫像で、「わざわざ長い衣裳の裾をまくって、水に映る自分のお尻の美しさに見惚れているというポーズ」（『裸婦の中の裸婦』）をしている。残念なことに当時は公開されておらず、ポンペイの壁画類を駆け足で見ただけだった。

How to visit

ナポリはローマから空路で約50分、カポディキーノ空港から市内までバス約20分。電車ならローマから約1時間半〜2時間。国立考古学博物館はナポリ中央駅から地下鉄でピアッツァ・カヴール駅下車

「ウェヌス・カリピージュ」のすべすべした大理石のお尻。豊満な美しさというより、ほっそりとして少女っぽい可憐さを感じる

1974年5月、ナポリ郊外の港ポッツオーリからフェリーでイスキア島へ向かう澁澤夫妻。ナポリ湾に浮かぶ自然豊かなイスキア島で1泊、羽を休めた

Ischia

イスキア

女の子は……みるみる満面に笑みをたたえると、はずんだ声で、「ウッチェロ！」と叫んだ。
ああ、ウッチェロとは鳥のことだったんだな、と私はあらためて思った。そして、なぜだか分らぬ感動に胸が打ちふるえるのをおぼえたのである。

（「鳥と少女」『唐草物語』）

ナポリからフェリーで緑と温泉の島イスキアに渡った澁澤は、五年後の一九七九年、初の短編小説「鳥と少女」を書く。ルネサンス期の画家ウッチェロを主題にした物語のフィナーレで、「ぜひいっぺん行ってみたいと考えていた島だった」と述べ、船上で出会った少女とのエピソードが描かれる。その鮮やかな結末には、澁澤のこの島への並々ならぬ愛着が込められているといえよう。

How to visit

イスキアへの船はナポリのベヴェレッロ、メルジェリーナ、また郊外のポッツオーリの各港から出航。所要約50分〜1時間30分。島内の移動はバスやタクシーを利用。

Caserta

カゼルタ

庭園の名高い泉〝ディアナの水浴〟の彫像群の前で。1974年5月

パラッツォ・レアーレの庭園は山へ長く伸びる庭で、緩やかな斜面を流れ落ちてくる滝や泉がいくつもある。上は中間地点で王宮を振り返った風景。下は同じく池越しに先を眺めた風景

エオロの泉。橋から流れ落ちる滝の下の左右に、風の神（エオロ）と怪物の彫像が30体ほど置かれている

ともかく広い。カゼルタのパラッツォ・レアーレは、南イタリアを支配していたスペイン・ブルボン家のカルロス三世が十八世紀に建設。千二百の部屋をもつ王宮と背後に三キロ先まで伸びる百二十万平米のフランス式庭園は、〝イタリアのヴェルサイユ〟といわれる。整然と配置された滝や池、噴水、彫像群は、澁澤の愛する廃園の風情とは対極にあるためか、彼の心を強くは打たなかった。

How to visit

カゼルタの町はナポリの北約30kmにあり、電車で約30〜40分。パラッツォ・レアーレは駅のすぐ北側に広がる。広大な庭園内は有料のミニバスが運行。観光馬車もある。

シチリア

サン・ジョヴァンニ・デリ・エレミティ教会の中庭。澁澤は鬱蒼と生い茂る亜熱帯性の植物に眼を奪われた。「私のパレルモの印象は、一口に言えばフローラ、植物なのである」（「ペトラとフローラ」）

Palermo

パレルモ

1132年建造のサン・ジョヴァンニ・デリ・エレミティ教会は、ノルマン王朝時代の栄華を誇るモニュメントの一つ。アラビア風の赤いドームが美しい

「南へ行けば行くほど、ゲーテの歓喜と熱狂は急速に高まってくる。それが頂点に達するのは、ナポリとシチリアにおいてである」（「『イタリア紀行』について」＝『サド侯爵あるいは城と牢獄』所収）とあるが、澁澤自身もプーリア地方を歩いてから南イタリアへの憧憬をさらに深め、一九七四年のイタリア旅行の締めくくりにシチリア島を選んだ。当時のシチリアは旅人が気軽に滞在するような場所ではなかったが、夫人と二人でパレルモに飛び、絢爛なビザンティン美術のモザイク装飾やロマネスク風の建築よりも、ゲーテも狂喜したように、澁澤は小さな植物園や修道院の中庭の「珍奇な、見たこともないような植物の繁茂」（「ペトラとフローラ」）に陶酔するのであった。

How to visit

ローマからパレルモのファルコーネ・ボルセリーノ空港まで飛行機で約1時間10分。空港から市内まで約30㎞、バスか鉄道で。市内や南西約8㎞のモンレアーレへもバスが充実。

Bagheria

バゲリア

パラゴニア荘は、スペイン・アラゴン王国の貴族の出であるパラゴニア公が1715年に造営した。門の前にはおかしな顔の怪物（中段2点）、城壁の上には楽隊や道化師、半人半獣などの小人たちが居並ぶ。その奇抜でグロテスクな趣味に圧倒される

澁澤が熱望した南イタリア最後の舞台は、ゲーテが「パラゴニア式無軌道」と呼んだ、怪物庭園ともいうべきバゲリアのパラゴニア荘。風変わりな十八世紀貴族の別荘にやってきた〝物好きな人間〟を、荒れ果てた庭に繁る南国的な植物、城壁の上に行列する奇怪な小人たち、顔だけが異様に大きいグロテスクな怪物たちが迎える。おまけに宮殿の住人である不思議な老婆が現われて彼を宮殿内部に招き入れ、鏡で覆われたサロンの仕掛けまで披露する。澁澤はシチリアに宿る自然の生命力や魔術的文化に大いに酔いしれた。

How to visit

バゲリアはパレルモの東約20㎞、バスで約30分。パラゴニア荘は町の中心地ガリバルディ広場に面してある。

バゲリアとは、何という悪魔的な感じのする町の名前であろう！　パレルモという言葉の軽やかな母音の響きが、何とはなしに逸楽的な、甘美な、エキゾティックな夢を掻き立てるとすれば、バゲリアには、逆にまがまがしい感じ、不吉な黒い女神の感じがあるような気がしないだろうか。

（「ペトラとフローラ――南イタリア紀行」『旅のモザイク』）

1974年6月1日、2度目のヨーロッパ旅行最後の日、念願だったパラゴニア荘を訪れた澁澤

古い石畳が続き、松が立ち並ぶローマのアッピア街道

美しき フローラを求めて
［南イタリア］

文・小川 煕

ローマとその近郊

一般的にローマで見るべきものは、第一に古代文明に関する遺物と、第二にはバロック美術という二つの重点的なテーマに集約されるだろう。古代に関しては澁澤もまた駆け足で一通り訪ねているが、フォロ・ロマーノ、コロッセオ、パンテオン（中に入らず）など、格別の感慨はなかったらしい。

初日、私はアッピア街道からカタコンベに案内した。公開されているのは三つあるが、そのうちのセバスティアーノのカタコンベ Catacombe di S.Sebastiano を選んだのは澁澤の要望であったのかどうか、定かに覚えていない。聖セバスティアヌスの遺骨を納めたとされる棺がここに安置され、それに因んで十七世紀にベルニーニの弟子ジョルジェッティの制作したセバスティアンの大理石像があり、澁澤は「逸楽的な」と表現している（以下、この項の引用はすべて『滞欧日記』）。ついでに近くの「チェチリア・メテラの墓」Tomba di Cecilia Metella に寄ったのだが、日記には「壺の中に古い古い人骨あり。一片を盗む。」とあり、私はずっと後日に知ってその抜け目なさに感心した。あれはどうなっただろう。人骨といえば、ヴェネト通りにある通称〝ガイコツ寺〟（サンタ・マリーア・デッラ・コンチェツィオーネ Santa Maria della Concezione）も訪れ、おびただしい骨の集積や異臭にはさすがに驚いたようだ。

★聖セバスティアン像→88〜89頁参照

アッピア街道沿いに立つローマ時代の廃墟、「チェチリア・メテラの墓」

修道僧の骨を集積した、サンタ・マリーア・デッラ・コンチェツィオーネ（ガイコツ寺）の内部

ローマの美術館の見方にもまた、澁澤らしさが現れている。主要な美術館では古代彫刻の名作は丹念に見たと思われ、いくつかの作品名をメモに残している。しかし目当てはやはりテルメ（当時の国立テルメ美術館）の〈キュレネのヴィーナス〉と〈眠るヘルマフロディトス〉であり、みずから写真を撮り、「キュレネーのウェヌスは非常にエロティックで、ほっそりしていて良い。」と書いている。たしかに紀元前五世紀頃に始まるウェヌス像の系譜において、初期の豊満な母性の表現からしだいにより官能的な女性の姿態に変化し、その究極にあるのが〈キュレネ〉だといえる。〈ヘルマフロディトス〉は後述するボルゲーゼ美術館Galleria Borghese にも一点あり、そこではスライドを買っており、後の著書『裸婦の中の裸婦』でも触れられている。

つぎに第二のポイントのバロックに関しては、小型の美術館をいくつか訪ねており、まずボルゲーゼ美術館で「じつにマニエリストが多い。」という感想があり、ドッソ・ドッシ、ブロンヅィーノ、パルミジャニーノ、ツッキなどに注目している。この最後の画家はヴァザーリの弟子であり、澁澤はフランスの美術雑誌L'œil（ルイユ＝眼）で知っていたらしい。そしてさすがと思われるのは、ほとんど旅行者が行くことのない「ドーリア・パンフィーリ美術館」Galleria Doria Pamphilj を見逃さないことだ。ここではヴェネツィア派のアウトサイダーの画家、パレンティーノ（またはパレンツァーノ）の〈聖アントニウスの誘惑〉に期待

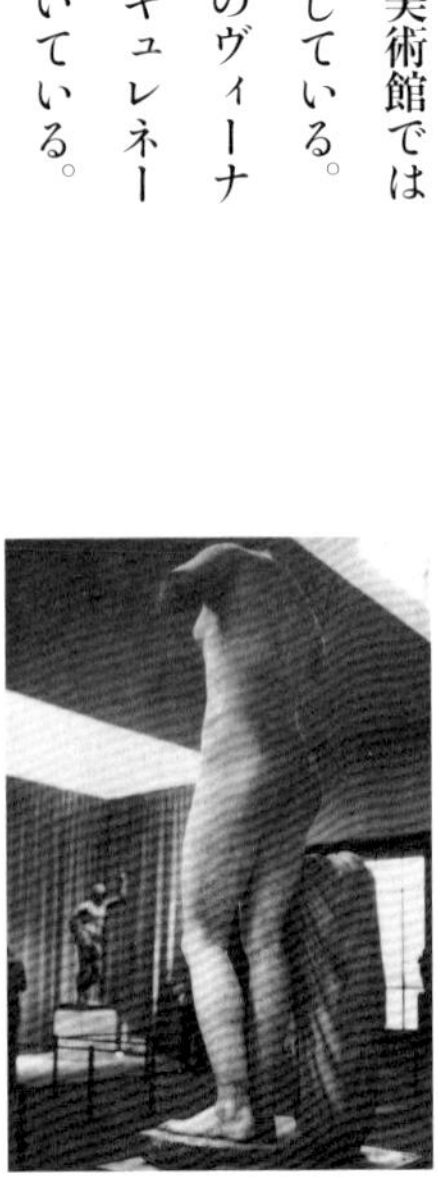

澁澤がローマの国立テルメ美術館で観た〈キュレネのヴィーナス〉

★〈眠るヘルマフロディトス〉↓87頁参照

ローマ、広大なボルゲーゼ公園の一画にあるボルゲーゼ美術館

ローマの国立テルメ美術館（当時）
での澁澤（右）と筆者

かつて古代ローマの港町として栄え
た町オスティア Ostia

していたが、ちょっと失望したらしい。ベラスケスの〈インノケンティウス10世の肖像〉を挙げているが、これは私も大好きな絵だ。

彼の一貫したテーマの一つである庭園については、ローマでは西のはずれにある、まさにドーリア・パンフィーリ家のヴィッラ Villa Doria Pamphilj を訪ね、その荒廃した雰囲気に浸り、エトルリア美術専門のヴィッラ・ジュリア美術館 Museo Nazionale Etrusco di Villa Giulia ではエトルスクの展示品よりも、むしろアンマンナーティが設計したこのユリウス3世の邸宅の庭園の方が気に入ったようで、「グロッタ、壁龕。……緑色のトカゲを見る。」などと記している。そして有名なティヴォリのエステ荘 Villa d'Este ではさまざまな噴水彫刻を楽しんだが、なかでも十数個の乳房から水を噴き出す〈エフェソスのアルテミス〉（日記には「イシス」とある）には大層喜んでいた。

ローマでは何度か郊外にもドライヴした。そういうとき澁澤はとくに窓外の植物相を注意深く観察している。オスティアでは「ローマの松」の枝ぶりを日本の松と比較し、五月だったので真っ赤なヒナゲシに目を奪われている。ブラッチャーノ湖というところに名物のウナギを食べに行ったのだが、「途中、エニシダの黄金色美し。」と書いている。

最大の収穫はボマルツォのいわゆる「怪獣公園」Parco dei Mostri だっただろう。十六世紀後半にローマ出身の貴族ヴィチーノ・オルシーニがつくらせたこ

ベラスケス〈インノケンティウス10世の肖像〉1650年　ドーリア・パンフィーリ美術館（ローマ）

★〈エフェソスのアルテミス〉→94〜95頁参照

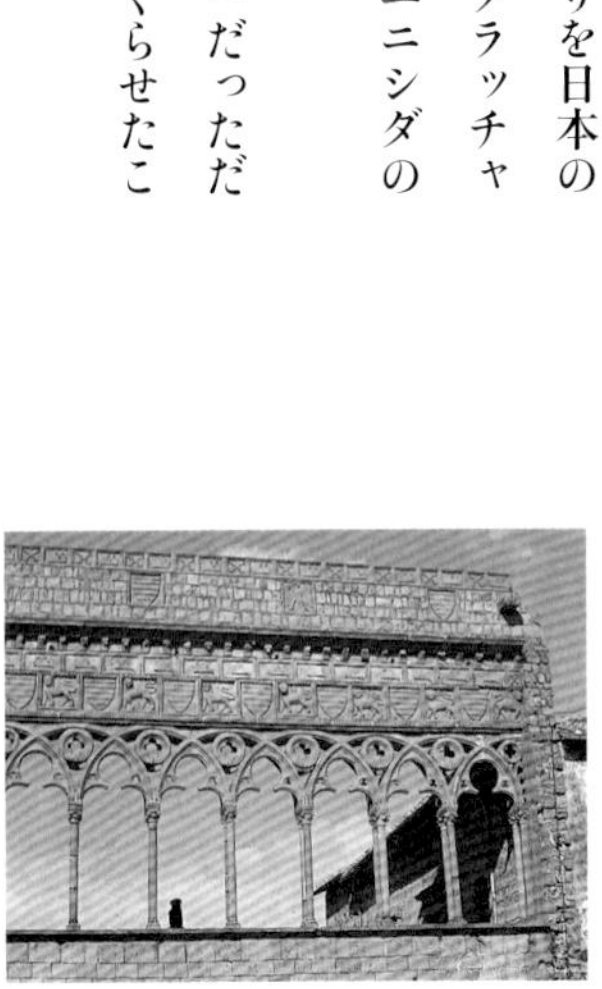

ローマの北西約70㎞ほど、ヴィテルボ Viterbo のパラッツォ・パパーレ（法王の宮殿）。13世紀の建築

の異色の庭は澁澤がマンディアルグによって知っていたもので、ここではもう詳細を記す必要はないだろう。十月も末のことであり、庭一面に栗の実やドングリがいっぱい落ちていて感動的だった。なお、往路にはヴィテルボで中世の街を散策して骨董屋をひやかす。時間があるとき澁澤がどこでもやっていたことだ。帰路にはオルヴィエート。ドゥオーモにあるルカ・シニョレッリの〈最後の審判〉が目当てだったのだが、時刻がおそくて見られなかった。

ローマ地区での食事についていうと、日記にはスパゲッティ・ヴォンゴレがしきりに出てくる。そして「フンギ」というのはポルチーニ茸のことで、焼いたものを肉や魚の代りにメイン・ディッシュとして食べるのだが、これも好きだったらしい。食後酒として私はラツィオ州特有の「サンブーカ」を勧めたが、「茴香の匂い」がするとメモしている。本当はアニス酒であって茴香《ういきょう》の酒ではないのだが、こういう特殊文字と出会うチャンスを楽しむのだろう。

★ルカ・シニョレッリ〈最後の審判〉→99頁参照

★サンブーカ→92頁参照

プーリア地方、ナポリへの旅

一九七四年五月のある日、ローマから私の車で南イタリアに出発した。この五日間の紀行は後に「ペトラとフローラ」（『旅のモザイク』所収）という美しい標題の旅行記として実を結ぶことになる。そこには「プーリア地方は、かねてから私の夢想していた土地」と記されているが、澁澤の念願の旅に同行できたことは私にとっても幸運なことだったと思う。高速道路に入ると早速、植物相《フローラ》の観察がはじまる。ナポリまではここでもエニシダの密生が見られるが、やがてオリーヴ、仙人掌《さぼてん》、無花果《いちじく》、龍舌蘭、夾竹桃といった南国的な植物が現れる。そして田舎道に入ると、蚕豆《そらまめ》やアーティチョークの畑が目にとまる。ちなみにアーティチョーク（イタリア語でカルチョーフォ）をオリーヴ油で調理したものは、ローマの名物料理であり、出発前に食べていたのだったろうか。

　ナポリの近くで「Nola」という標識が出ていた。澁澤はそれを目に止めたらしく、そのときは黙っていたのだが、日記に「ジョルダノ・ブルーノの故郷ならん。」と書いているのを後で読んで感心した。実はその前にローマのカンポ・デ・フィオーリに立つ十六世紀の哲学者で神秘思想家のブルーノの彫像を見ているが、ノラなどという小さな町の名を見てすぐにブルーノの生地を思い出すのだからすごい。

　プーリアで最初に目指したのは、フリードリヒ（フェデリーコ）2世の山城、カステル・デル・モンテ Castel del Monte であった。この異色の帝王については、ブルクハルトやマンディアルグを通じて通暁していたと思われるが、澁澤は

カステル・デル・モンテを訪れた際、澁澤が撮った澁澤夫人と筆者。1974年

アドリア海に臨む小さな港町トラーニ Trani

八角形の城の周りを廻りながら、あらためてこの人物へ想いを馳せていたようだ。実はこのときは中に入れなくてがっかりしたのだが、あとでわかったことには、公開されている時間帯もあったらしく、これは私の情報不足であり、プログラムのミスであって、澁澤さんには申し訳なかったと思っている。

トラーニで一泊のあとアルベロベッロに向かう。このユニークな町は、いまこそ世界遺産となり、日本人を含めた大勢の観光客でにぎわうらしいが、一九七四年のこの時点ではホテルがあるわけでもなく、澁澤はこれもマンディアルグによって知っていたらしい。トルッロという円錐形の屋根の並ぶひっそりとした小路をわれわれは自在に歩き回り、お伽の国を楽しんだ。

ターラントに一泊。「港町。……ごみごみした場末の街もあり。何かオランダあたりの町のような感じ……」(『滞欧日記』)とある。たしかに、現在は南イタリア各地もかなり近代化されたようだが、この時点では貧民街といわれても仕方ないような区域が残っていた。でもこの地区で、われわれは元気な子供たちと写真を撮ったりした。

ナポリでは市内ではなく、イスキア島に泊まった。澁澤はカプリに泊まりたかったらしいのだが、かれは案内者に対する気配りのようなものがあって、私が行ったことのないイスキアの方に譲歩してくれたのだ。しかしカプリは十九世紀にこの島に移住したスウェーデンの医師アクセル・ムンテの『サン・ミケーレ物

ターラントの旧市街で、子どもたちと写真におさまる澁澤龍子さん。1974年

イスキアに向う船から見た、島の町並み。1974年

アルベロベッロにて。1974年

語』によって世に知れ渡ることになり、ティベリウス帝の別荘の跡などもあって、澁澤が行きたかったのかも知れないと思い当たって後悔した。しかも、イスキアでは迂闊にもただ風光を愛でるだけで終わってしまったのだが、実はなんと、島の東端に橋で結ばれたカステッロ Castello という小島があり、ここはスイスの画家ベックリンが滞在していたことがあり、代表作〈死の島〉シリーズのモデルとなった場所だったのだ。澁澤も知らなかったようだがバーゼルの美術館ではベックリンも見ていたし、知っていれば当然興味があったにちがいない。私の準備不足は慚愧に堪えない。

翌日のナポリでは国立考古学博物館 Museo Archeologico Nazionale di Napoli の〈ウェヌス・カリピージュ〉(「尻のヴィーナス」と訳されることがある)が澁澤のお目当てだったがこの部屋が閉鎖中で見られなかった。なにしろこの美術館のサービスはこの頃最低で、世界中の美術愛好者の顰蹙を買っていたものだ。私はそれ以前に特別にチップをせびられて見たことがあったが、どちらかといえばあどけない少女が可愛いらしいお尻をみせびらかしているといった風のもので、何ほどのこともないといっておこう。現在は一般に公開されているらしい。

最後にカゼルタにあるパラッツォ・レアーレ Palazzo Reale に寄った。ゲーテもここを訪れている。十八世紀のブルボン家のカルロス3世の離宮であり、形式としてはヴェルサイユを模したものにほかならないが、見所は庭の一番奥の滝の下にあるヴァンヴィテッリの〈ディアナの水浴〉の群像である。しかし澁澤は

ナポリ、国立考古学博物館の中庭
★〈ウェヌス・カリピージュ〉→104〜105頁参照

カゼルタ、パラッツォ・レアーレの庭園にある彫像群〈ディアナの水浴〉

「例の噴水には、それほど感銘を得なかった。」(同前)としている。ヨーロッパで見た中ではグラナダのアルハンブラのように技巧的な庭を絶賛しており、だだっぴろい大型の庭園を彼は好まないのである。

ナポリでの食事について一言すれば、「丘の上のレストラン……にて、スパゲティ・ヴォンゴレとタコの煮たやつを食う。」(同前)とあるが、このタコ料理は「ポリピ・アッフォガーティ」といい、タコがトマトのスープに溺れたという意味であろうか。古代エーゲ文明の壺絵にもタコはしばしば現れるから、これは最も地中海的な食材の一つといえる。

シチリア

シチリアは澁澤の当初の予定に入っていなかった。しかし南イタリア旅行のあと、「最終目的地を、どうしてもシチリア島のパレルモにしなければ気が済まなくなってしまったのである。もちろん、それにはノルマン人のシチリア王国と、フリードリヒ二世に対する私の年来のロマンティシズムが、プーリア旅行によってさらに掻き立てられたという事情があった。」(「ペトラとフローラ」)という一節を読めば、その意図は明瞭だろう。ついでにいえば、パレルモは「母音の響きの美しい」町といい、後述するバゲリアという地名の発音にも惹かれていたといったことを書いており、言語感覚の鋭い人がある種の地名に特別の想いを寄せるということは大いにあり得ることだと思う。

澁澤夫妻はローマから空路でパレルモ入りした。一時間足らずという、あまりの近さに、ゲーテの時代との違いに思いを馳せたりしている。ホテルは私が電話で急遽予約を入れておいたものだったが、幸運にもこれがヴィッラ・ジュリア公園 Villa Giulia のすぐ近くだったので、かれらはここに何度か足を運んだらしい。ヴィッラ・ジュリアはスペインのブルボン家のシチリア統治時代にできたもので、澁澤によれば、ゲーテはこの庭園を散策しながら「原形植物《ウールプランツェ》」という観念をつかんだという。澁澤も同様にここで、巨大な仙人掌《さぼてん》、ブーゲンヴィレア、薔薇、罌粟《けし》、ジャスミンなど、南国的な植物の氾濫に目を奪われ、のちに「かくて私のパレルモの印象は、一口に言えばフローラ、植物なのである。」（同前）ということになるのだった。

翌日は観光バスで市内を見物したというから、十二〜十三世紀のノルマン王朝時代のモニュメントをいくつか見たはずである。中でも郊外にある有名なモンレアーレのドゥオーモ Duomo di Monreale のモザイクは、ラヴェンナに次ぐビザンティン美術の第二期を代表するものだ。これらの建築に共通するアラブとビ

パレルモ郊外モンレアーレ Monreale の大聖堂（ドゥオーモ）と、南国の植物が繁るその中庭に立つ澁澤（1974年）

ザンティンの要素が混淆した特異なロマネスク様式の意匠は珍しかったと思うが、澁澤はどうやらここでもむしろ、修道院の中庭の珍奇な植物の方が印象的だったらしい。

そして最後に訪れたのがパレルモの東二十キロほどのところにあるバゲリアのパラゴニア荘 Villa Palagonia である。一七一五年、地元の貴族、フェルディナンド・フランチェスコ・グラヴィーナの構想によって建てられたこのヴィッラの様態については、澁澤自身がかなり詳しく書き残しているのでここで繰り返すことは避けたいと思うが、さまざまな亜熱帯性植物が生い茂る荒れ果てた庭園の中に建つ城館は、外部が無数の異形の彫刻で飾られ、室内にはありとあらゆる奇想の装飾が施されているもので、澁澤によれば、ゲーテは「パラゴニア式無軌道」と呼んで非難したという。澁澤夫妻はここにきた日本人は初めてだといわれたらしいが、それというのも、ゲーテという先達の示唆のおかげだろう。そして澁澤は「どうやら私はパレルモへきて、フリードリヒ二世よりもゲーテの方へ、つまり中世から十八世紀の方へ、思わず知らず、どんどん近づいてゆくという結果になったようである。」(同前)と自己分析している。

こんなわけだから、シチリア南部にある名高いギリシア植民市の遺跡を回ることもなく、パレルモだけでシチリア旅行は終っている。シチリア特有の新鮮な魚介料理も食べそこなったようだ。なにしろ七〇年代のパレルモというのは、

澁澤が撮影したパラゴニア荘。「雑草がはびこっている。草の中に分け入り、写真をとる」(『滞欧日記』)

まだマフィアの影がちらつき、観光どころではなかったから無理もない。

振り返ってみると、澁澤龍彦のイタリア旅行の行程は（本書が扱わなかったヨーロッパの他の地域でも）、美術に関していえば、一人の審美者《エステート》としての一貫した姿勢をみごとに検証するものであった。すなわち、アカデミック、正統的なものには関心をもたず、神秘的、魔術的、畸形的なもの、エロティックなもの、シュールなものへの偏愛に貫かれていた。時代様式としては、マニエリスムからバロックに集約されているといえる。もっとも、巖谷國士氏が『滞欧日記』の解説で的確に分析しているように、バロックについては、旅行中に徐々に評価を変えていったらしい。二度目のローマ滞在中に「おびただしい大理石の彫像にうんざり……」という所感をもらしていて、古代およびバロックの石彫に食傷してゆくさまがうかがえるのである。それも「確認」の作業の結果だったといえよう。

私がひとつ指摘しておきたいのは、カトリシズムにどっぷり浸かったイタリアという国を歩きながら彼はそうした宗教風土にほとんど関心がなかったことである。ゲーテもまたそうだったのだが、それは彼の汎神論的気質によるものだったのに対し、澁澤の場合はそこにいわば徹底した物神崇拝思想をみてとることができよう。いま彼はどんな美しいフローラの地で遊んでいるのだろうか。

1928（昭和3）　0歳
5月8日、父・武と母・節子の長男として高輪で誕生。辰年にちなんで龍雄と命名。父の勤務先の川越で育つ。

1932（昭和7）　4歳
東京・滝野川区（現・北区）中里に移る。

1935（昭和10）　7歳
滝野川第七尋常小学校に入学。成績優秀、図画、音楽を得意としたが体操だけは苦手。相撲や東京六大学野球に熱中。

1941（昭和16）　13歳
東京府立第五中学校（現・都立小石川高校）に入学。成績優秀、英語や歴史が得意、体操と教練が苦手。

1945（昭和20）　17歳
戦時のため1年繰り上げて中学を卒業。旧制浦和高等学校に進学。深谷で終戦を知る。秋、理科から文科に転科。

1946（昭和21）　18歳
フランス文学に関心をもち、ジャン・コクトーなどを愛読。家族が鎌倉・小町に転居。

1948（昭和23）　20歳
東京大学を受験して不合格。新太陽社の雑誌「モダン日本」の編集アルバイトをする。

1950（昭和25）　22歳
東京大学仏文科に入学。アンドレ・ブルトンを読み、シュルレアリスムに傾倒。マルキ・ド・サドを知る。

1953（昭和28）　25歳
卒業論文「サドの現代性」を提出、東大卒業。

澁澤龍彦略年譜

1969（昭和44）　41歳
サド裁判、最高裁で有罪が確定、罰金刑。前川龍子と結婚。

1970（昭和45）　42歳
『澁澤龍彥集成』全7巻の刊行開始。8月31日初めてのヨーロッパ旅行へ。羽田空港に三島由紀夫ら友人たちが見送りに来る。10ヵ国をめぐって11月7日帰国。三島が割腹自殺。

1971（昭和46）　43歳
金沢、京都、山陰へ旅行。中近東を取材。マンディアルグ『大理石』（高橋たか子との共訳）刊行。

1973（昭和48）　45歳
紀伊、京都、奈良へ旅行。旅の経験を語った美術評論集『ヨーロッパの乳房』刊行。

1974（昭和49）　46歳
5月16日〜6月6日、2回目のヨーロッパ旅行で南イタリアへ。国内では北陸、沖縄、九州、山陰へ。『胡桃の中の世界』刊行。

1975（昭和50）　47歳
北海道、京都、山形、奈良へ。『貝殻と頭蓋骨』、『幻想の肖像』刊行。

1976（昭和51）　48歳
鳥取、神戸、九州へ。『旅のモザイク』、『幻想の彼方へ』刊行。

1977（昭和52）　49歳
6月1日〜7月7日、3回目のヨーロッパ旅行でフランス、スペインへ。南仏ラコストのサドの旧城を訪ねる。国内は京都、丹後半島、安土城址、姫路城などへ。『思考

1954（昭和29）26歳
澁澤龍彦という筆名を初めて使う。コクトー『大胯びらき』翻訳刊行。

1956（昭和31）28歳
『サド選集』全3巻翻訳刊行開始。第1巻序文は三島由紀夫。

1959（昭和34）31歳
矢川澄子と結婚。初の評論集『サド復活』刊行。サド『悪徳の栄え』『悪徳の栄え続』翻訳刊行。

1960（昭和35）32歳
『悪徳の栄え　続』発禁処分。猥褻罪容疑で起訴される。

1961（昭和36）33歳
サド裁判始まる。『黒魔術の手帖』刊行。

1962（昭和37）34歳
ユイスマンス『さかしま』翻訳刊行。サド裁判1審は無罪、控訴される。

1963（昭和38）35歳
『毒薬の手帖』刊行。サド裁判控訴審判決は有罪、上告する。

1964（昭和39）36歳
『夢の宇宙誌』、『サド侯爵の生涯』刊行。

1966（昭和41）38歳
『秘密結社の手帖』刊行。北鎌倉山ノ内の新居に移る。

1967（昭和42）39歳
『幻想の画廊から』刊行。

1968（昭和43）40歳
矢川澄子と離婚。澁澤龍彦責任編集の雑誌「血と薔薇」創刊、翌年までに計3号を出す。

＊本年譜は、『澁澤龍彦全集』別巻2「澁澤龍彦年譜」
（巖谷國士作成　河出書房新社　1995）を参考に作成しました。

1979（昭和54）51歳
の紋章学』刊行。
平泉中尊寺や会津さざえ堂などへ。マンディアルグ『ボマルツォの怪物』翻訳刊行。

1980（昭和55）52歳
『城と牢獄』刊行。

1981（昭和56）53歳
6月23日～7月24日、4回目のヨーロッパ旅行でギリシア、北イタリアへ。『唐草物語』（泉鏡花賞受賞）、『城』刊行。この頃毎年、たびたび京都へ出かける。

1982（昭和57）54歳
夏、京都など旅行中に喉の違和感を覚える。『ドラコニア綺譚集』刊行。

1983（昭和58）55歳
京都、和歌山、河内、尾道などへ。『狐のだんぶくろ』、『ねむり姫』、『マルジナリア』刊行。

1986（昭和61）58歳
対話体の美術エッセイ「裸婦の中の裸婦」の連載開始。京都、宮島、山口、萩へ。『うつろ舟』刊行。下咽頭癌の診断を受け手術、声を失う。

1987（昭和62）59歳
『フローラ逍遙』刊行。病床で『高丘親王航海記』決定稿完成。8月5日頸動脈瘤破裂し、死去。10月『高丘親王航海記』刊行。

＊協力

澁澤龍子

＊写真撮影

伊奈英次………p4 ～ 9、p39 下、p43 下、p61 右、p65
奥宮誠次………p16 ～ 20、p22 ～ 23、p66 ～ 77、p80 ～ 89、p92 ～ 99、p101 ～ 105、
p107、p112、p114 左、p118 左、p121 右
長坂芳幸………p24 ～ 27
小川 熙 ………p13 上、p20 ～ 21、p35 上、p46 右上・下、p50、p56 下、p59 右、
p64 右、p106、p115 下、p116 左、p119 右、p121 左
田中樹里………p53
野中昭夫………p44、p108 ～ 110、p123 右
新潮社写真部…p32 ～ 34、p38、p40 右上 2 点、p42 右上、p43 上、
p48、p55、p58 右、p61 左、p113 左

澁澤龍彦のポートレイト写真および p59 左 2 点、p114 右、p119 左、p124 は、
澁澤龍子氏よりお借りしました。

＊ブックデザイン

中村香織

＊マップ制作

尾黒ケンジ

＊本文中、澁澤龍彦の引用文は、
文庫化されているものについては
すべて河出文庫、それ以外は河出
書房新社刊『澁澤龍彦全集』（全
22巻・別巻2巻）を元にしました。

とんぼの本

澁澤龍彦《しぶさわたつひこ》のイタリア紀行《きこう》

発行　2007年9月20日

著者　澁澤龍彦《しぶさわたつひこ》　澁澤龍子《しぶさわりゅうこ》　小川《おがわ》 熙《ひろし》
発行者　佐藤隆信
発行所　株式会社新潮社
住所　〒162-8711　東京都新宿区矢来町71
電話　編集部　03-3266-5611
読者係　03-3266-5111
http://www.shinchosha.co.jp
印刷所　凸版印刷株式会社
製本所　加藤製本株式会社
カバー印刷所　錦明印刷株式会社

ISBN978-4-10-602161-9 C0395